COLLECTION FOLIO

Paul Bowles

L'éducation de Malika

Traduit de l'américain et préfacé par Claude-Nathalie Thomas

Gallimard

Cette nouvelle est extraite de *Réveillon à Tanger*
(L'Imaginaire n° 545), initialement paru
au Quai Voltaire en 1987.

Titre original :
HERE TO LEARN

Né à New York le 30 décembre 1910, Paul Bowles est le fils d'un dentiste. Après une enfance bourgeoise et solitaire, il fait de brèves études à l'université de Virginie. Dès 1929, il commence à voyager. Il séjourne à Paris et fait la connaissance de Gertrude Stein, Jean Cocteau et Ezra Pound. Sur les conseils de Gertrude Stein, il part à Tanger avec son ami et professeur le compositeur Aaron Copland. Durant les années suivantes, il voyage à travers l'Afrique du Nord. De retour à New York, il gagne sa vie comme critique musical et compositeur. En 1938, il épouse Jane Auer. Pendant la guerre, Jane travaille sur un roman, *Deux dames sérieuses*, et Paul sur *Un thé au Sahara* qui paraîtra en 1949 et connaîtra aussitôt le succès. Il se lie d'amitié avec Tennessee Williams, Salvador Dalí, et traduit *Huis clos* de Sartre. Installés à Tanger en 1947, les Bowles partagent leur temps entre le Maroc et Taprobane, une île au large de Ceylan. En 1952, paraît *Après toi le déluge*. Les écrivains de la *Beat Generation*, Jack Kerouac, Allen Ginsberg et William S. Burroughs, attirés par l'aura de l'auteur d'*Un thé au Sahara*, viennent leur rendre visite. Après la mort en 1973 de Jane, depuis longtemps très malade, Paul Bowles commence à acquérir une renommée mondiale.

En 1990, Bernardo Bertolucci adapte *Un thé au Sahara* au cinéma, film dans lequel l'écrivain endosse le rôle du narrateur. Paul Bowles meurt à Tanger en novembre 1999, ses cendres sont enterrées dans l'État de New York auprès de ses parents. Romancier, nouvelliste, traducteur, auteur d'une autobiographie, de récits de voyages, et compositeur réputé, Paul Bowles laisse une importante œuvre musicale et littéraire.

Découvrez, lisez ou relisez les livres de Paul Bowles :

UN THÉ AU SAHARA (L'Imaginaire n° 62)

APRÈS TOI LE DÉLUGE (L'Imaginaire n° 204)

RÉVEILLON À TANGER (L'Imaginaire n° 545)

Paul Bowles : être étranger

On a parfois voulu faire de Bowles, qui vécut longtemps à Tanger, le chantre de cette ville, une sorte d'émissaire du Maroc dans les marches lointaines de la littérature internationale. Rien, naturellement, ne pourrait être plus erroné : seul un Marocain peut se charger de donner voix à l'âme de son peuple. Et Bowles n'est pas devenu marocain, même dans l'âme, malgré les longues années passées dans ce pays. Au contraire, il est resté on ne peut plus américain, jusque dans ses habitudes quotidiennes. Ce dandy chaussait des pantoufles qu'on lui apportait d'Amérique (au pays des babouches !), se nourrissait volontiers de corn flakes ou de shredded wheat *s'il pouvait s'en procurer, et se montrait ravi de recevoir de son pays natal des desserts gélatineux en sachet ou des chocolats mentholés fournis par un seul grand magasin situé à Chicago...*

Sa culture aussi est celle d'un Américain, forgée à la lecture d'Edgar Allan Poe ou de Gertrude Stein, dont il fut, en outre, l'ami. C'est d'ailleurs elle qui lui suggéra d'aller à Tanger en 1931 pour y étudier tranquillement la composition musicale en compagnie de son maître Aaron Copland, autre Américain.

Pourtant, dès le début de sa vie, Bowles fuit son pays natal, voyage en Europe, explore les cultures étrangères dans sa double appartenance d'écrivain et de musicien, se fait à l'occasion leur ethnographe. Il recueille, par exemple, des musiques du Maroc pour la bibliothèque du Congrès des États-Unis. Son grand thème littéraire est l'altérité, ce qui se passe lorsqu'un être rencontre l'Étranger. Ce n'est pas pour rien qu'il met en exergue de la troisième partie de son roman La maison de l'araignée *ce fragment extrait des* Mille et Une Nuits : *« À mon avis, il n'est pas d'état plus exquis que celui d'étranger. C'est pourquoi je me mêle aux êtres humains, qui ne sont pas de mon espèce : précisément afin d'être un étranger parmi eux. » (*Les Mille et Une Nuits, *« Chanson de l'Hirondelle ».)*

Né en 1910, à New York, Paul Bowles courut le monde pendant la plus grande partie de son existence et ce jusqu'à la disparition des navires de ligne internationaux. En 1947, il établit sa résidence à Tanger, mais dès 1953, il acquit la propriété d'une île au large de Ceylan où il passa ses hivers. Les longues semaines écoulées chaque année à bord d'un bâtiment l'emmenant vers New York pour y composer une musique de scène, vers l'Inde pour y rédiger un essai de voyage, vers son île de Taprobane, ou le ramenant vers Londres, Lisbonne ou Tanger ne fu-

rent pas des époques oisives. Écrivain, compositeur de musique, poète dans sa jeunesse, ethnographe à ses heures, traducteur occasionnel, Paul Bowles mettait à profit ses voyages, voyageait pour travailler, travaillait en voyageant. Il écrivit de nombreux essais sur ses voyages ; l'un d'eux commence ainsi : « Lorsque je leur fis part de mon intention d'aller à Istanbul, la réaction générale de mes amis fut qu'il y avait bien des choses plus intelligentes à faire que d'emmener en Turquie un musulman marocain[1]*. »*

Le jour où Malika, héroïne de notre nouvelle, originaire elle aussi du nord du Maroc, revient après une longue absence, elle a, en approchant du détroit, une réaction que Bowles connaît bien, celle d'un voyageur maritime qui sent la présence d'une terre connue : « Debout à la proue du navire, Malika contemplait devant elle les remparts blancs de Cadix. Tandis que le navire pénétrait dans le port, elle sut par la lumière, la couleur des murs et les odeurs charriées par le vent, qu'elle retrouvait sa terre natale et qu'elle n'était pas loin de chez elle. »

Dans son autobiographie, rédigée à la demande d'un éditeur, ouvrage que Bowles récusait mais auquel il a, qu'il le veuille ou non, confié des sensations importantes — celles qu'il n'avait pas oubliées —, Bowles écrit : « Le soir où nous avons franchi le détroit de Gibraltar, je restai sur le pont, fixant avec

1. *Leurs mains sont bleues*, traduit par Liliane Abensour, Quai Voltaire, 1989.

mélancolie l'obscurité qui s'étendait au sud de notre vaisseau. J'étais envahi par une brusque nostalgie de Tanger. Je regagnai ma cabine, grimpai dans ma couchette. Là, je me mis à écrire une scène dans l'espoir que ce pourrait être le point de départ d'un roman sur Tanger[1]. »

En effet, Après toi le déluge *fut rédigé en grande partie sur ce bateau. C'est l'histoire d'un Américain dont le destin se noue et trouve son issue fatale dans les méandres de la Zone internationale.*

Pour L'éducation de Malika, *Bowles avait toujours souhaité une publication isolée, sans que ce texte soit accolé à l'un de ses nombreux recueils de nouvelles. « D'une certaine manière, dit-il, cette histoire est le contraire de la plupart de mes autres œuvres de fiction. » En effet, elle montre un personnage marocain aux prises avec la civilisation occidentale, à l'inverse de celles, fort nombreuses, où Bowles entraîne des Européens ou des Américains dans des pays exotiques. Mais les contraintes commerciales de l'édition, réelles ou imaginées par la profession, avaient toujours empêché de consacrer les quatre pages d'une couverture à un si mince volume. L'écrivain qui, en 1950, au sujet de son premier roman,* Un thé au Sahara, *décrivait ainsi son enthousiasme pour le projet d'une édition « poche » : « J'adore les livres de poche et l'idée qu'ils sont vendus dans le métro de New York », eût sûrement été heureux de penser à la présente édition.*

1. *Without Stopping*, Peter Owen, Londres, 1972, p. 296.

L'éducation de Malika *se distingue aussi de l'ensemble des fictions de Paul Bowles par un climat plus serein, plus comique. Notre « Candide » marocaine échappe à la violence qui atteint tant de personnages de Bowles.* Un thé au Sahara *s'achève sur la folie d'un des protagonistes après la mort de l'autre ; le personnage principal de* Après toi le déluge *finit par commettre un meurtre cruel — et inutile car il assassine le seul être qui eût pu l'aider ;* La maison de l'araignée *baigne dans la violence qui saisit la ville de Fez au moment de la révolte anticolonialiste ;* La jungle rouge *est carrément et explicitement un roman noir ; et l'une des plus célèbres nouvelles de Paul Bowles,* Un épisode lointain, *relate la déchéance et les souffrances d'un linguiste américain capturé par les membres d'une tribu féroce qui le condamne à leur servir de bouffon après lui avoir arraché la langue !*

Alors que les personnages de Bowles rencontrent souvent un destin fatal pour un instant d'inattention, de fatuité, d'incompréhension, nous trouvons en Malika celle dont la concentration sur l'instant et la volonté d'apprendre (le titre original de ce récit est Here to Learn*) vont lui permettre d'acquérir l'art de se tirer d'un mauvais pas et l'autoriser à une ascension sociale qui ressemble à un conte de fées.*

Au cours d'une discussion, elle le dit elle-même :

« Tu ne comprends pas ! Il faut que je fasse encore de l'anglais, afin de pouvoir étudier d'autres choses.

— Étudier !

— Bien sûr, répliqua-t-elle avec calme. Je vais toujours continuer à étudier. Tu crois que je voudrais rester comme je suis maintenant ? »

Par cet acharnement, sans doute un peu passif, à toujours vouloir avancer sans s'arrêter, Malika ressemble à son créateur qui répondait naguère à une enquête de journaliste sur le thème « Pourquoi écrivez-vous ? » : « Parce que je suis toujours vivant. »

CLAUDE-NATHALIE THOMAS

I

Malika n'avait nul besoin de s'entendre dire qu'elle était jolie. Si loin qu'elle se souvienne, sa beauté avait éveillé les murmures ; au temps où elle n'était qu'un bébé, sa tête, son cou et ses épaules étonnaient déjà par leurs proportions harmonieuses. Avant d'être en âge d'aller à la source chercher l'eau, elle apprit qu'elle avait des yeux de gazelle et la tête comme une corolle de lys sur sa tige. Du moins, est-ce là ce que les gens plus âgés disaient à son propos.

Sur une colline au-dessus de la ville, se dressait un vaste bâtiment auquel conduisaient des allées bordées de palmiers. Il appartenait aux sœurs espagnoles, les Hermanas Adoratrices. Quelques-unes de ces religieuses avaient eu l'occasion d'apercevoir Malika. Elles allèrent chez son père et lui proposèrent de la prendre en charge et de lui enseigner l'espagnol et la broderie. Il accepta avec enthousiasme. Allah nous a placés sur terre pour apprendre, disait-il souvent. La mère de Malika qui n'approuvait pas que sa fille passe son temps avec des nazaréennes, s'efforça de le faire changer d'avis, mais en vain. Malika resta chez les sœurs pendant cinq ans, jusqu'à la mort de son père.

Sa grand-mère affirmait volontiers qu'à l'âge de Malika, elle avait ressemblé à sa petite-fille comme deux gouttes d'eau ; si elle avait pu, disait-elle, retrouver son état de fillette et venir se placer à côté de Malika, personne n'eût pu les distinguer l'une de l'autre. Malika examina les traits ravagés de la vieille femme et rejeta aussitôt cette idée. Mais après la mort de sa grand-mère, elle comprit peu à peu ce que l'aïeule avait voulu dire, lorsqu'elle déclarait : Seul Allah ne change pas. Un jour, elle perdrait sa beauté, mais pour l'instant, elle était jolie. Ainsi, quand elle eut acquis la force d'aller à la source pour rapporter l'eau dans deux grands seaux, les propos des jeunes gens qui l'appelaient et cherchaient à engager la conversation la laissèrent indifférente. Ils feraient mieux, pensait-elle, de garder leurs paroles flatteuses pour les filles qui ont besoin d'être rassurées.

Tout près de la ville, il y avait une caserne pleine de soldats, hommes rudes et brutaux. Dès qu'elle en apercevait un, même de loin, Malika se cachait et restait cachée jusqu'à ce qu'il ait disparu. Heureusement, les soldats ne pénétraient pas souvent dans l'arroyo entre sa maison et la source ; ils préféraient aller et venir en groupe sur la grand-route qui traversait le bourg.

Vint le jour où sa mère l'envoya au marché qui longeait la route pour vendre une poule. Cette tâche avait toujours échu à la sœur aînée, mais ce jour-là, elle était allée chez des voisins pour aider aux préparatifs d'un mariage. Malika supplia sa mère de lui prêter son haïk[1] afin de pouvoir se couvrir le visage.

— Ta sœur est allée des centaines de fois au marché. Elle n'a jamais mis de haïk !

Malika savait que sa sœur n'en avait pas besoin, car personne ne la regardait. Mais il était impossible de dire cela à sa mère.

— J'ai peur, gémit-elle, et elle fondit en larmes.

La mère n'avait aucune patience pour les caprices de gamine, et elle refusa de lui prêter le haïk. Malika prit la poule par les pattes et sortit en courant. Devant la porte, elle s'empara d'une serviette-éponge salie. Dès qu'elle fut hors de vue, elle en fit un drapé un peu lâche autour de sa tête, de façon à pouvoir l'abaisser et couvrir au moins une partie de son visage quand elle arriverait à la route.

Plusieurs douzaines de femmes étaient assises par terre en rang, sur un côté de la chaussée,

1. Grand châle dont s'enveloppent traditionnellement les femmes musulmanes pour sortir.

leurs marchandises étalées autour d'elles, à même le sol. Malika s'installa à un bout de la rangée, en face d'un square où les soldats venaient s'asseoir sur les bancs publics. Des gens s'arrêtaient pour palper et soupeser la poule, de sorte qu'elle ne cessait de caqueter et de battre des ailes. Malika avait rabattu la serviette fort bas devant ses yeux et ne voyait plus que la terre autour de ses pieds.

Au bout d'une heure environ, une cliente se mit à discuter le prix et finit par acheter la poule. Malika avait noué les pièces de monnaie dans un coin de mouchoir et se releva d'un bond. La serviette glissa de son visage. Elle la ramassa et s'en fut à la hâte le long de la route.

II

C'était un bourg désolé qui sentait la pauvreté dont ses habitants avaient pris l'habitude. Rien, du reste, ne permettait de supposer qu'il ait connu des jours meilleurs. Le vent de la mer levait haut la poussière des rues et la déversait avec fureur sur le paysage. Même les feuilles des figuiers en étaient toutes blanchies. Des rafales de sable chaud piquaient les mollets de Malika tandis qu'elle tournait le coin de la ruelle vers le bas du petit ravin. Elle remit la serviette autour de sa tête et la maintint d'une main. Il ne lui était jamais venu à l'esprit de haïr sa ville, car elle tenait pour acquis qu'elle trouverait plus ou moins la même chose partout.

Dans cette ruelle étroite — à peine plus qu'un passage bordé de murs —, Malika entendit soudain un bruit de bottes derrière elle. Elle ne se retourna pas, mais une main puissante l'empoigna et la rejeta brutalement vers le mur. C'était un soldat, et il souriait. Il l'encercla en s'appuyant des bras contre la pierre, de façon à l'empêcher de s'échapper.

Malika ne prononça pas un mot. L'homme resta à la contempler. Il respirait en haletant, comme s'il avait couru. Enfin, il dit :

— Quel âge as-tu ?

Elle le regarda droit dans les yeux.

— Quinze ans.

Il sentait le vin, le tabac et la sueur.

— Lâchez-moi, dit-elle en essayant désespérément de glisser sous la barricade des bras.

La douleur qu'elle ressentit lorsqu'il lui tordit le poignet lui fit écarquiller les yeux. Mais elle ne poussa aucun cri. Deux hommes en djellaba approchaient, venant du ravin ; elle fixa son regard sur leurs silhouettes. Le soldat se retourna, les aperçut, et s'en alla d'un pas rapide vers la route.

En arrivant chez elle, Malika jeta le bout de chiffon avec l'argent sur le taïfor, et fit remarquer avec indignation à sa mère les marques qu'elle avait sur l'avant-bras.

— Qu'est-ce que tu as là ?

— Un soldat m'a coincée.

Sa mère lui cingla le visage d'une gifle magistrale. Malika ne l'avait jamais vue dans un tel état de rage.

— Espèce de chienne ! hurlait-elle. Tu n'es bonne qu'à ça ! !

Malika sortit en courant et alla chercher refuge dans le ravin où elle s'assit sur un rocher à l'ombre ; elle se demandait si sa mère n'était pas en train de devenir folle. Le coup brutal, aussi inattendu qu'injuste, avait chassé le soldat de ses pensées. Il fallait trouver une explication rationnelle à la conduite de sa mère ; sinon, elle allait la haïr.

Le soir, au souper, la situation n'était guère améliorée. Sa mère refusait de la regarder et adressait toutes ses remarques à son autre fille. Et ce fut là son attitude au cours des jours suivants, comme si elle avait décidé que Malika n'existait plus.

Bon ! pensa Malika. Si moi, je n'existe pas, elle non plus. Ce n'est donc plus ma mère, et je la déteste.

Cette guerre silencieuse qu'elles menaient ne dispensait pas Malika d'aller au marché. Presque chaque semaine, on l'expédiait pour y vendre une poule ou un panier de légumes et d'œufs. Les soldats ne lui causèrent plus d'ennuis, peut-être à cause de l'habitude qu'elle prit de s'arrêter dans le vallon pour répandre un peu de boue sur son visage. Quand elle arrivait à la grand-route, la boue avait eu le temps de sécher, et si les femmes la regardaient parfois avec surprise, les hommes, eux, ne lui prêtaient aucune attention. Sur le chemin du retour, en remontant le ravin, elle se lavait la figure.

Lorsqu'elle rentrait, sa mère la regardait toujours d'un air lourd de soupçons. S'il t'arrivait quelque chose, disait-elle, je jure que je te tuerais de mes propres mains. Malika quittait la pièce en reniflant. Elle comprenait ce que sa mère voulait dire, mais cela l'étonnait de constater combien elle connaissait peu sa propre fille.

III

Un jour, Malika était assise au premier rang des jeunes filles et femmes qui vendaient au marché près de la route. Une longue voiture jaune sans toit s'approcha silencieusement et s'arrêta. Dedans, il y avait un homme seul, c'était un nazaréen. Les femmes commencèrent à mur-

murer et à pousser des cris, car l'homme tenait un appareil de photo et visait dans leur direction. Une jeune fille à côté de Malika se tourna vers elle :

— Tu parles l'espagnol, fit-elle. Dis-lui de s'en aller.

Malika courut à la voiture. L'homme baissa son appareil et la fixa du regard.

— *Señor*, il ne faut pas prendre de photos ici, ordonna-t-elle en le regardant avec gravité et en indiquant du doigt les rangées de femmes en colère.

Le nazaréen était grand, avec des cheveux de couleur claire. Il comprit et il lui fit un sourire :

— *Muy bien, muy bien*, répondit-il, d'un ton bienveillant, tout en continuant de la dévisager.

Soudain, elle se rappela la boue sur son visage. Machinalement, elle se frotta les joues du dos de la main. Le sourire de l'homme s'épanouit.

— Veux-tu me laisser te prendre en photo ?

Le cœur de Malika se mit à battre de façon douloureuse.

— Non ! Non ! cria-t-elle, éperdue. Puis, en guise d'explication, elle ajouta : Il faut que j'aille vendre mes œufs.

Le nazaréen prit l'air plus réjoui que jamais.

— Tu as des œufs ? Apporte-les.

Malika alla chercher le petit paquet d'œufs enveloppés dans un bout de tissu. Un groupe de jeunes garçons avaient remarqué l'éblouissante voiture jaune ; à présent, ils l'encerclaient et réclamaient de l'argent.

Tout en les chassant du geste, le nazaréen ouvrit la porte pour Malika et lui désigna le siège vide. Elle posa son baluchon sur la banquette en cuir et se pencha pour défaire le nœud, mais les gamins passaient leurs bras à l'intérieur et la bousculaient.

L'étranger leur cria des mots de colère dans sa langue. Mais cela ne les calma qu'un instant. Pour finir, en fureur, il dit à Malika : « Entre ! » Elle souleva les œufs pour lui obéir et s'assit, le paquet calé sur ses genoux. L'homme allongea le bras devant elle et ferma la portière d'un coup sec. Puis il releva la vitre. Mais deux mendiants avaient maintenant rejoint les garçons et ils étaient assez grands pour glisser la main par-dessus la fenêtre.

Sans prévenir, le nazaréen démarra en trombe ; le moteur rugit et la voiture fit un bond en avant. Surprise, Malika se retourna et aperçut quelques-uns des gamins étalés sur la chaussée. Lorsqu'elle regarda à nouveau, la voiture avait atteint les limites de la ville. Le nazaréen avait toujours l'air très fâché. Elle décida de ne pas lui demander jusqu'où ils allaient, avant qu'il ne s'arrête pour lui acheter les œufs. Elle ne savait si elle était plus émue par la joie de rouler dans la belle voiture ou par l'inquiétante perspective d'avoir à faire le chemin de retour à pied.

Les arbres défilaient à toute allure. Il lui sembla que depuis toujours elle avait su qu'une chose étrange comme celle-ci devait lui arriver. L'idée était réconfortante et écartait d'elle toute véritable peur.

IV

Bientôt, ils empruntèrent un chemin de terre qui s'enfonçait dans les profondeurs d'un bois d'eucalyptus. Ici, sous l'ombre incertaine, le Nazaréen coupa le moteur et se tourna vers Malika en souriant. Il prit le paquet d'œufs qu'elle avait sur les genoux et le posa à l'arrière. D'un panier derrière son siège, il extirpa une bouteille d'eau minérale et une serviette sur laquelle il versa un peu d'eau. S'appuyant d'une main contre l'épaule de la jeune fille, il entreprit de nettoyer les traînées de boue sur son visage. Elle le laissa frotter et ensuite enlever la serviette drapée sur sa tête, de sorte que sa chevelure se répandit sur ses épaules.

Pourquoi l'empêcher de me voir ? pensait-elle, il ne me veut pas de mal.

Elle avait eu le temps de remarquer qu'il ne sentait pas du tout, et la douceur de ses manières lui causait une sensation agréable.

— Maintenant, est-ce que je peux prendre une photo ?

Elle hocha la tête : ce geste réprouvé n'aurait pas de témoin. L'homme lui dit de s'enfoncer dans son siège, puis il éleva l'appareil au-dessus d'elle. Elle entendit tant de « clics » et il avait l'air si bizarre derrière sa grosse boîte noire qu'elle éclata de rire. Elle se dit que ce rire allait peut-être l'arrêter, mais au contraire, il parut encore plus satisfait et ne cessa de faire « clic » avec son appareil. Quand la boîte refusa de continuer, il déplia une couverture sur le sol ; au centre, il posa un panier de victuailles. Ils s'assirent chacun d'un côté du panier et mangèrent du poulet, du fromage et des olives. Malika avait faim et trouva ce repas fort amusant.

Lorsqu'ils eurent terminé, il lui demanda si elle voulait qu'il la ramène au marché. Ce fut comme si un voile de ténèbres était tombé sur le monde. Elle pensa aux femmes là-bas et à ce qu'elles diraient en la voyant. De la tête, elle fit un signe négatif des plus énergiques. Pour l'instant, elle se sentait vivre, elle n'allait pas hâter la fin de ce moment.

— Non, dit-elle, d'un ton léger. Pas encore.

Il jeta un coup d'œil sur sa montre :

— Si on allait à Tétouan ?

Les yeux de Malika brillèrent. Tétouan était à moins d'une heure de voiture de chez elle, mais elle ne connaissait la ville que par ouï-dire. Les arbres se remirent à défiler. Une brise fraîche soufflait de la Méditerranée et Malika frissonna. L'homme sortit une confortable cape en poil de chameau et la posa sur ses épaules.

Tétouan, avec ses rues animées, lui fit une impression exaltante. Devant le palais du Khalifa, les sentinelles vêtues de rouge écarlate et de blanc se tenaient au garde-à-vous. Pourtant, Malika refusait de sortir de la voiture et de suivre son compagnon dans la rue. Ils restèrent stationnés dans le Feddane, où le soleil d'été tapait fort.

Enfin, l'homme haussa les bras et les épaules et dit :

— Eh bien, si je veux être de retour à Tanger ce soir, il est temps que je te ramène.

Malika fit entendre un son étrange. Elle semblait toute rétrécie sous sa cape.

— Qu'est-ce que tu as ?

— Je ne peux pas !

L'homme fixa sur elle un regard étonné.

— Mais il faut que tu rentres chez toi.

Malika se mit à gémir : Non, non ! criait-elle.

L'homme jetait des coups d'œil inquiets vers les passants et tentait de la consoler avec des paroles apaisantes. Mais elle venait d'entrevoir une possibilité dont l'idée occupait tout son être. La voyant plongée dans ses pensées au point de ne plus l'entendre, il démarra et se fraya un chemin très lent à travers la foule, vers l'autre côté de la place. Puis il suivit la rue principale jusqu'aux faubourgs de la ville, stationna la voiture au bord de la route et alluma une cigarette.

Il se tourna vers elle. On eût presque pu croire qu'il n'y avait personne sous la cape. Il tira légèrement sur un pan de tissu et perçut un sanglot. Il glissa la main à l'intérieur d'un geste doux et lui caressa le front pendant quelques instants. Enfin, elle se releva peu à peu et sa tête reparut.

— Je vais t'emmener avec moi à Tanger, dit-il.

Elle ne fit aucune réponse et ne lui jeta pas un regard.

Ils filèrent vers l'ouest, le soleil du soir droit devant eux. Malika était consciente d'avoir fait un choix irrévocable. Les conséquences, déjà fixées par le destin, lui seraient révélées une à une, au fur et à mesure des événements. Il lui fallut un certain temps pour émerger, reprendre contact avec le paysage qui l'entourait et sentir l'air tiède de l'été qu'ils fendaient à vive allure.

Devant un minuscule café, isolé sur le flanc de la montagne, il arrêta la voiture.

— Viens, nous allons y prendre un thé, dit-il.

Malika secoua la tête de gauche à droite et resserra la cape contre son corps.

L'homme entra dans le café et commanda deux verres de thé. Un quart d'heure plus tard, un garçon les leur apporta à la voiture sur un plateau. Le thé était très chaud ; ils mirent un certain temps à le boire. Le garçon débarrassa le plateau, mais ils restèrent immobiles. Finalement, l'homme alluma les phares et ils descendirent la montagne.

V

Malika eut peur de l'ascenseur, mais elle se détendit un peu quand l'homme la fit entrer dans l'appartement et ferma la porte derrière eux. Il y avait d'épais tapis, des divans moelleux garnis de coussins empilés et des lampes que l'on pouvait allumer et éteindre en poussant sur un bouton. De plus, chose majeure, le nazaréen vivait là tout seul.

Ce soir-là, il lui montra une chambre et lui dit que ce serait la sienne. Avant de lui souhaiter bonne nuit, il lui prit la tête entre les mains et l'embrassa sur le front. Après son départ, elle alla voir la salle de bains et s'amusa un long moment à ouvrir tour à tour l'eau chaude et l'eau froide, pour voir si l'un des robinets n'allait pas tôt ou tard se tromper. Pour finir, elle se déshabilla, enfila la gandoura de mousseline que l'homme lui avait laissée et se mit au lit.

Sur une table à côté d'elle, il y avait un tas de revues illustrées et elle se mit à regarder les images. Son attention fut attirée — et retenue — par l'une des photographies. On y voyait une chambre luxueuse où une femme se prélassait dans une chaise longue. Un large collier de diamants lui enserrait le cou ; à la main, elle tenait un livre. Le livre était ouvert, mais elle ne le regardait pas. Elle avait relevé la tête, comme si quelqu'un venait d'entrer dans la pièce et l'avait découverte en train de lire. Malika examina cette photo, en regarda quelques autres en passant, puis revint à celle-ci. Elle y voyait une parfaite illustration de la pose qu'il convenait d'adopter pour recevoir des invités et résolut de s'y exercer lorsqu'elle serait seule. Ainsi elle pourrait retrouver la pose sans difficulté au moment voulu. Ce serait également une bonne chose si elle savait lire, pensa-t-elle. Un jour, elle demanderait à l'homme de lui montrer comment il fallait s'y prendre.

Le lendemain matin, ils prirent le petit déjeuner sur la terrasse, au soleil. L'appartement donnait sur un vaste cimetière musulman. Au-delà, on voyait la mer. Malika dit que ce n'était pas bon de vivre si près d'un cimetière. Un peu plus tard, elle se pencha sur la balustrade, aperçut le dôme de l'important mausolée de Sidi Bou Araqia, et hocha la tête en signe d'approbation. Tandis qu'ils s'attardaient autour de leur café, il satisfit sa curiosité sur d'autres points. Elle apprit qu'il s'appelait Tim, qu'il avait vingt-huit ans et n'avait ni femme ni enfants. Il n'habitait pas Tanger en permanence. Il faisait de fréquents séjours au Caire et à Londres. Dans chacune de ces villes, il avait un pied-à-terre, mais il gardait la voiture à Tanger, car c'était là qu'il venait lorsqu'il ne travaillait pas.

De la terrasse, Malika entendit des bruits à l'intérieur de l'appartement. Bientôt, une grosse femme noire vêtue d'un zigdoun jaune s'avança vers la table. Bonjour, dit-elle en français et elle commença à débarrasser la vaisselle. Chaque fois qu'elle reparut, Malika s'assit toute droite dans sa chaise et fixa le regard sur les montagnes d'Espagne, de l'autre côté du détroit.

— Dans quelques minutes, lui dit Tim, j'attends la visite d'une Italienne qui va prendre tes mesures et te faire des vêtements.

Malika fronça les sourcils.

— Quel genre de vêtements ?

— Ce que tu voudras.

Elle se releva d'un bond et fila dans sa chambre, d'où elle revint aussitôt avec un exemplaire du *New Yorker*. Elle l'ouvrit à une page sur laquelle il y avait une jeune fille vêtue d'un tailleur sport en maille, debout à côté d'un ensemble de valises assorties.

— Comme ceux-là, dit-elle, en montrant la photo.

Au bout d'une heure environ, l'Italienne se présenta, chatouilla Malika avec son centimètre en se donnant des airs importants et repartit, son carnet à la main.

VI

À la fin de l'après-midi, quand la femme noire s'en alla, Tim emmena Malika dans sa chambre, ferma les rideaux et lui donna sa première leçon d'amour. Malika ne tenait pas vraiment à ce que cela se produise à ce moment-là, mais elle avait toujours su qu'un jour où l'autre, cela devait arriver. La légère douleur lui parut négligeable, mais la honte de se voir nue devant un homme lui fut presque insupportable. Jamais il ne lui était venu à l'esprit que l'on puisse trouver beau un corps humain. Aussi se sentit-elle pleine de méfiance lorsqu'il lui affirma qu'elle avait un corps superbe. Elle savait seulement que les hommes utilisaient les femmes afin de faire des enfants et cela la préoccupait, car elle n'avait aucun désir d'en avoir. L'homme lui garantit qu'il n'en souhaitait pas plus qu'elle ; si elle faisait ce qu'il lui indiquait, disait-il, elle ne courrait aucun risque. Elle accueillit ces informations sans questionner, comme elle acceptait tout ce qu'il lui disait. Elle était là pour apprendre, et elle avait la ferme intention d'en apprendre le plus possible.

Quand, au cours des semaines qui suivirent, elle consentit finalement à l'accompagner chez ses amis, il ne comprit pas que si elle voulait bien se montrer en public, c'était seulement parce qu'elle avait étudié l'effet que produisaient ses vêtements neufs et qu'elle les avait trouvés suffisamment convaincants. Les vêtements européens lui permettaient de sortir dans la rue avec un nazaréen, sans être vilipendée par ses compatriotes.

Après avoir emmené Malika chez un photographe et passé plusieurs fois de longues heures dans des administrations, Tim revint un jour, triomphant. Il agita un passeport sous le nez de Malika :

— Il est à toi, dit-il. Ne le perds pas.

Presque tous les jours, il y avait des fêtes sur la Montagne ou des pique-niques à la plage. Malika aimait tout spécialement les pique-niques de nuit, autour d'un feu, avec le son des vagues qui venaient se briser sur le sable. Parfois, il y avait des musiciens et tout le monde dansait, pieds nus. Une nuit, huit ou dix invités se levèrent d'un seul coup et coururent en poussant des cris vers les vagues, où ils nagèrent tout nus dans le clair de lune. Celle-ci jetait une lumière très vive et Malika, constatant qu'il y avait des hommes et des femmes ensemble, eut un sursaut et se cacha le visage. Tim trouva cela très amusant, mais l'incident fit naître en elle quelques doutes. Ces gens de Tanger pouvaient-ils vraiment lui servir de modèles pour l'élégance à laquelle elle aspirait.

Un matin, Tim l'accueillit, le visage triste. Dans peu de jours, lui annonça-t-il, il lui faudrait partir pour Londres. Devant l'air chagriné de Malika, il ajouta bien vite qu'il comptait revenir dans les quinze jours et qu'elle pourrait continuer à vivre dans l'appartement comme s'il y était.

— Mais comment faire ? s'écria-t-elle. Tu ne seras pas là ! Je serai toute seule.

— Non, non. Tu auras des amis. Ils te plairont.

Ce soir-là, il rentra, accompagné de deux jeunes gens, beaux, bien habillés et fort bavards. Lorsque Malika entendit Tim appeler l'un des deux Bobby, elle éclata de rire.

— Bobby est un nom de chien, expliqua-t-elle. Pas un nom d'homme.

— Elle est impayable, dit Bobby. Une vraie Nefertiti en herbe.

— Elle est divine ! acquiesça son ami, Peter.

Après leur départ, Tim expliqua à Malika qu'ils allaient lui tenir compagnie pendant son absence en Angleterre. Ils viendraient habiter l'appartement avec elle.

À cette nouvelle, elle demeura quelques minutes silencieuse.

— Je veux partir avec toi, fit-elle, comme si cela allait de soi.

Il refusa d'un signe de tête.

— *Ni hablar*, ajouta-t-il.

— Mais je ne veux pas d'amour avec eux.

Il l'embrassa.

— Ils ne font pas l'amour aux filles, c'est pour cela que je les ai invités. Ils s'occuperont bien de toi.

— Ah, répondit-elle, en partie rassurée. Combien Tim était malin, pensait-elle, d'avoir trouvé deux eunuques aussi présentables, en se donnant si peu de mal.

Ainsi que Tim le lui avait promis, Bobby et Peter réussirent à la distraire. Au lieu de l'emmener à des fêtes, ils conviaient leurs amis à venir faire sa connaissance. Bientôt, elle constata que Tanger comptait un nombre d'eunuques bien plus important qu'elle ne l'eût imaginé. Puisque selon Bobby et Peter les thés et les cocktails étaient offerts en son honneur, Malika avait à cœur de connaître avec précision l'heure d'arrivée des invités, afin de les recevoir dans la pose convenable : allongée sur le divan, la nuque appuyée sur des coussins, un livre à la main. À leur entrée, elle relevait la tête avec lenteur jusqu'à ce que les nobles proportions de ses traits soient pleinement mises en évidence ;

elle fixait le regard au loin, bien au-delà des limites de la pièce, et laissait errer sur ses lèvres une ébauche de sourire, vite évanoui.

Elle voyait bien que sa mise en scène les impressionnait. Ils lui déclaraient leur amour et leur adoration. Puis ils s'amusaient à toutes sortes de jeux et dansaient entre eux ou avec elle. Ils la chatouillaient, la câlinaient, l'asseyaient sur leurs genoux et jouaient avec ses cheveux. Elle les trouvait plus agréables que les amis de Tim, malgré l'inanité de leurs propos. Pour eux, tout, dans la vie, n'était que jeux ; il n'y avait rien à apprendre en leur compagnie.

VII

La première fois qu'ils amenèrent Tony à l'appartement, Tim était parti depuis plus d'une semaine. C'était un grand Irlandais bruyant que les autres entouraient d'un certain respect. Au début, Malika attribua son ascendant au fait qu'il n'était pas eunuque comme eux, mais elle découvrit bientôt qu'il avait tout simplement beaucoup plus d'argent à dépenser. Ses vêtements fleuraient bon un parfum exquis et sa voiture, une Maserati verte, attirait encore plus l'attention que celle de Tim. Un jour, il passa vers midi, alors que Bobby et Peter étaient encore au marché. La femme noire avait reçu de Bobby l'ordre de ne laisser entrer personne, en aucun cas. Mais Tony avait l'art de tourner ce genre de consigne. Il trouva Malika en train d'écouter un disque d'Abdelwahab, mais elle l'arrêta tout de suite et fixa son attention sur Tony. Dans la conversation, il lui dit en passant qu'elle avait de jolis vêtements. Malika lissa les plis de sa jupe.

— Mais j'aimerais te voir dans d'autres tenues, continua-t-il.

— Où sont-elles ?

— Pas ici. À Madrid.

Ils entendirent claquer la porte : Bobby et Peter étaient de retour. Ils s'étaient disputés et ne se parlaient que par monosyllabes, sur un ton d'aigreur. Malika comprit que la partie de dominos promise n'aurait pas lieu. Elle resta quelques minutes à bouder, feuilletant une des revues financières de Tim. Les eunuques ont un comportement bien enfantin, se disait-elle.

Bobby entra et se tint à l'autre bout de la pièce, silencieux, en train de ranger des livres sur leurs étagères. Peu de temps après, la femme noire se montra à la porte et lui annonça en français que monsieur Tim avait téléphoné de Londres et ne rentrerait pas à Tanger avant le dix-huit.

Quand Tony lui eut traduit ce message en espagnol, Malika, sans bouger de son siège, resta le regard braqué sur lui avec une expression de désespoir.

Bobby sortit de la pièce à la hâte. Mal à son aise, Tony se leva et le suivit. Au bout d'un instant, la voix stridente de Bobby se fit entendre :

— Non ! elle ne peut pas sortir avec toi pour déjeuner ! Elle ne peut pas sortir du tout, sauf si nous l'accompagnons. C'est une des règles de Tim. Si tu veux manger ici avec nous, tu peux.

Pendant le déjeuner, il y eut fort peu de conversation. Au milieu du repas, Bobby jeta sa serviette sur la table et quitta la pièce. Ensuite, la femme noire servit le café sur la terrasse.

Bobby et Peter poursuivaient leur querelle dans le fond de l'appartement, mais leurs voix suraiguës résonnaient dans toutes les pièces.

Malika but son café à petites gorgées sans rien dire pendant quelques minutes. Lorsqu'elle rompit le silence, ce fut comme s'il n'y avait eu aucune interruption de sa conversation avec Tony.

— Pourrions-nous aller à Madrid ? lui dit-elle.

— Cela te plairait ? fit-il avec un large sourire. Mais, tu as vu comme ils sont ? (Il pointa du doigt par-dessus son épaule.)

— *A mí, me da igual cómo son.* Je n'ai pas promis de rester avec eux plus de deux semaines.

Le lendemain matin, pendant que Bobby et Peter faisaient leurs courses au marché, Tony et Malika chargèrent quelques bagages dans la Maserati et descendirent au port prendre le bateau qui faisait la navette avec l'Espagne. Tony avait laissé un mot pour Bobby, lui annonçant qu'il avait emprunté Malika pour quelques jours et qu'il veillerait à ce qu'elle lui téléphone.

VIII

La première nuit, ils couchèrent à Cordoue. Le matin, avant de se mettre en route pour Madrid, Tony s'arrêta devant la cathédrale pour la lui montrer. Lorsqu'ils s'approchèrent du portail, Malika hésita. Elle passa la tête à l'intérieur et vit une série interminable d'arcades qui s'étiraient dans la pénombre.

— Entre donc ! l'encouragea Tony.

Elle secoua la tête :

— Vas-y, toi. Je t'attendrai ici.

En sortant de la ville, il la gronda un peu.

— Il faudrait regarder les choses quand tu en as l'occasion, lui dit-il. Tu as raté une mosquée célèbre.

— Mais je l'ai vue, répondit-elle d'un ton ferme.

Ils passèrent leur première journée à Madrid chez Balenciaga, matin et après-midi.

— Tu avais raison, dit Malika à Tony lorsqu'ils furent rentrés à l'hôtel. Les vêtements sont bien plus beaux ici.

Il fallait attendre plusieurs jours avant que les premières commandes soient prêtes. Le musée du Prado était tout près de leur hôtel, mais Tony décida qu'il serait inutile d'y entraîner Malika. Il proposa une course de taureaux.

— Les musulmans sont les seuls à savoir tuer les animaux, déclara-t-elle.

Ils séjournaient à Madrid depuis plus d'une semaine. Un soir, ils étaient assis au bar du Ritz, Tony se tourna vers elle et dit :

— As-tu téléphoné à Tanger ? Non, sûrement pas. Allez, viens.

Malika ne voulait pas penser à Tanger. Avec un soupir, elle se leva et suivit Tony dans sa chambre, d'où il demanda la communication.

Lorsque enfin Bobby se fit entendre au bout du fil, Tony fit un signe à Malika et lui passa l'appareil. Au son de sa voix, Bobby éclata en reproches. Elle l'interrompit en demandant Tim.

— Tim ne peut pas revenir tout de suite à Tanger, répondit Bobby. Mais il veut que toi, tu rentres immédiatement, ajouta-t-il, et sa voix grimpa d'un ton.

Malika resta silencieuse.

— As-tu entendu ? hurla Bobby. *¿ Oíste ?*

— Oui, j'ai entendu. Je vous tiendrai au courant.

Elle raccrocha vite, de façon à ne pas subir les protestations outrées à l'autre bout de la ligne.

Ils retournèrent plusieurs fois chez Balenciaga, pour des essayages. Malika était impressionnée par Madrid, mais la présence réconfortante de Tim lui manquait, surtout la nuit, allongée seule dans son lit. Tony était de compagnie agréable, il s'occupait beaucoup d'elle et lui achetait constamment des cadeaux, mais elle sentait que son but était de la voir habillée comme il le désirait quand ils sortaient ensemble, et qu'il n'avait aucun sentiment réel pour elle.

Les livraisons continuaient d'affluer ; les robes et les ensembles lui seyaient à la perfection, mais Malika y prenait moins de plaisir, car elle avait découvert que les seuls endroits où les gens regardaient avec attention ses tenues étaient deux restaurants et le bar en bas de leur hôtel. Elle en fit la remarque à Tony ; il se mit à rire.

— Ah ! je vois. C'est Paris qu'il te faut, maintenant.

Le visage de Malika s'éclaira ! On pourrait y aller ?

Quand la dernière commande leur fut livrée, Tony et Malika firent un ultime dîner chez

Horcher, avant de se mettre en route pour Paris, le lendemain matin de bonne heure. Ils passèrent la nuit à Biarritz, où les rues étaient désertes et balayées par la pluie.

IX

Paris était beaucoup trop vaste. Elle en eut peur avant même d'arriver à l'hôtel, et elle décida de ne pas laisser Tony la quitter d'un pas, à moins d'être dans sa chambre, en sécurité. À l'*Hôtel de la Trémoille*, elle l'observa tandis qu'il faisait ses coups de téléphone, l'un après l'autre. Affalé sur le lit, il blaguait, parlait fort, jetait les jambes en l'air et hurlait de rire. Puis il se tourna vers elle.

— Demain, je t'emmène à une fête et je vois tout à fait ce que tu vas mettre : le petit numéro en satin, couleur d'huître.

Malika se sentit surexcitée par la demeure somptueuse et les invités en tenue de soirée. Enfin, elle en était certaine, elle avait atteint un lieu peuplé de gens au raffinement extrême. Quand elle s'aperçut qu'on la regardait avec approbation, elle eut un sentiment de triomphe.

Bientôt, Tony la mena vers une grande et jolie fille aux yeux noirs étincelants.

— Voici ma sœur, Dinah, annonça-t-il. Elle parle mieux l'espagnol que moi.

Puis, désignant Malika, il ajouta :

— Et voici la nouvelle Antinea.

Il les laissa ensemble et disparut dans une pièce voisine.

Les façons amicales de Dinah envers elle donnaient l'impression qu'elles se connaissaient depuis longtemps. Lorsqu'elles eurent bavardé quelques minutes, elle emmena Malika vers un groupe de Sud-Américains. Les femmes étaient couvertes de bijoux et quelques-unes portaient des peaux de bêtes sur les épaules. Même les hommes avaient d'énormes diamants aux doigts. Il vint à l'esprit de Malika que Tim n'eût sans doute pas approuvé leur forme d'élégance, mais pour une ville comme celle-ci, il ne fallait peut-être pas prendre Tim comme arbitre du goût.

— *Paris es muy grande*, dit-elle à un homme qui lui souriait d'un air engageant. Je l'ai vue hier pour la première fois. J'ai peur de sortir. Pourquoi est-ce qu'on a fait la ville si grande ?

L'homme, avec un sourire encore plus épanoui, lui dit qu'il était à sa disposition, et qu'il serait enchanté de l'accompagner où elle voudrait, quand il lui plairait.

— Ah, fit-elle, l'air pensif. Ce serait agréable.

— *¿ Mañana ?*

Par hasard, Dinah avait saisi la fin de ce dialogue.

— Non, pas demain, c'est impossible, dit-elle avec vivacité, en attirant Malika par le bras.

Tout en l'entraînant à l'écart, elle lui chuchota avec colère :

— Sa femme était là, en train de vous observer.

Malika jeta un regard effrayé par-dessus son épaule. L'homme lui souriait toujours.

Les jours suivants, Dinah, qui habitait à proximité de l'hôtel, avenue Montaigne, vint les voir souvent. Elle et Tony avaient de longues discussions, pendant que Malika écoutait la radio du Caire. Une après-midi où Tony était sorti et où elle s'ennuyait, elle demanda à Dinah d'appeler Tanger au téléphone. Une demi-heure plus tard, la sonnerie retentit et elle entendit la voix de Bobby.

— ¡ *Hola !* Bobby !

— Malika ! s'écria-t-il, et sa voix était déjà montée d'un ton. Tu ne peux pas me faire ça ! Qu'est-ce que tu fais à Paris ? Il faut que tu reviennes à Tanger.

Malika ne dit rien.

— Nous t'attendons. Que dira Tim, si tu n'es pas là ?

— Tim ! fit-elle avec mépris. Où est Tim ?

— Il revient la semaine prochaine. Passe-moi Tony.

— Tony est sorti.

— Écoute-moi ! lui cria Bobby. À quel hôtel êtes-vous ?

— Je ne sais pas le nom, dit-elle. C'est à Paris. C'est un bon hôtel. *Adiós*.

Un matin, peu de temps après, Tony annonça soudain qu'il partait pour Londres dans une heure. Dinah apparut quelques instants avant son départ. Ils avaient l'air de se disputer et leur querelle ne cessa qu'au moment où Tony les embrassa l'une et l'autre en guise d'adieu. Après son départ, Malika eut un hochement de tête sagace. Londres, se dit-elle, songeuse. Il ne reviendra pas.

X

Le lendemain du jour où Malika s'installa chez Dinah, le temps vira au froid et à la pluie. Dinah sortait souvent, la laissant seule à l'appartement avec la femme de chambre et la cuisinière. Malika ne regrettait pas de rester à l'intérieur, bien au chaud. Il manquait à sa garde-robe, si impressionnante qu'elle fût, les éléments propres à affronter les intempéries. Ce n'était qu'un avant-goût du froid, lui avait dit Dinah, il faudrait attendre de longs mois avant de retrouver la chaleur. Malika se figurait qu'il devait y avoir à Paris, quelque part, une *joteya*[1] où elle pourrait apporter deux ou trois robes du soir pour les échanger contre un manteau. Mais Dinah, interrogée sur ce point, lui répondit d'un signe de tête négatif.

Vaste et spacieux, l'appartement abritait une généreuse collection de revues, bonnes à étudier. Malika passait son temps pelotonnée sur un divan, où elle examinait les photos de mode en détail.

Tony téléphona de Londres que son retour était retardé de quelques jours. À cette nouvelle, Malika eut un sourire et dit : *Claro*.

— Je déjeune avec une amie qui a des milliers de vêtements, annonça un jour Dinah. J'essaierai de te trouver un manteau.

Dans l'après-midi, elle rapporta en effet un vison qui avait grand besoin de réparations. Malika observa les déchirures d'un air dégoûté.

— Tu n'as pas idée de la chance que tu as, lui dit Dinah, Malika haussa les épaules.

Confié aux soins du fourreur, ajusté à sa taille, une fois les peaux recousues, le manteau avait l'air entièrement neuf, comme s'il venait d'être fait pour Malika. Elle effleura du bout des doigts le poil luisant, s'observa dans la glace et décida que c'était après tout un beau vêtement.

L'amie de Dinah vint un jour déjeuner. Elle

1. Marché aux puces.

s'appelait Daphné, n'était pas très jolie, et essayait de converser avec Malika en italien. Au cours du repas, elle les invita à Cortina d'Ampezzo, où elle devait passer des vacances avec un groupe d'amis.

Dinah se montra enthousiaste. Après le départ de Daphné, elle sortit un album de photos, qu'elle ouvrit sur les genoux de Malika. Celle-ci vit le sol tout blanc et les gens, habillés sans élégance avec de longues planches au bout des pieds. Ce n'était guère enivrant, mais l'étrange paysage blanc et les groupes de gens à la mine joyeuse éveillèrent sa curiosité. Ce serait peut-être plus intéressant que Paris, où la vie, en fin de compte, s'avérait plutôt monotone.

Elles passèrent à l'agence pour réserver les places d'avion.

— N'as-tu vraiment pas d'argent ? lui demanda Dinah, pendant qu'elles attendaient au comptoir.

Soudain, Malika fut saisie de honte.

— Tony ne m'en a jamais donné, dit-elle.

— Cela ne fait rien.

Au moment du départ, elles eurent une violente discussion au sujet des nombreuses valises de Malika.

— Tu n'auras pas besoin de tous ces vêtements là-bas, objectait Dinah. Et d'ailleurs, cela coûterait un prix fou de les prendre dans l'avion.

— Il faut que j'emporte tout, dit Malika.

Tous les habits partirent avec elles dans l'avion. Elles eurent mauvais temps entre Paris et Milan, où elles trouvèrent la voiture de Daphné, qui était déjà à Cortina.

Le voyage n'avait pas plu à Malika. Elle ne comprenait pas qu'on prenne l'avion, quand on possédait une automobile. Là-haut, il n'y avait rien à regarder que des nuages et le balancement de l'appareil incommodait certains passagers, de sorte qu'à la fin du trajet, tout le monde semblait nerveux et de mauvaise humeur. Ensuite, tandis que la voiture filait sur l'autostrada, Malika eut l'impression de se retrouver en Espagne.

Le chauffeur leur expliqua que les autres invités occupaient tout le chalet et que Daphné avait décidé de les loger à l'hôtel. Dinah accueillit cette nouvelle en silence ; sans doute était-elle mécontente. Malika, lorsqu'elle eut compris la situation, se réjouit en secret. Il y aurait sûrement plus de gens à l'hôtel qu'au chalet.

XI

Il faisait froid à Cortina. Au début, Malika refusait de mettre le nez dehors. L'air est comme du poison ici, se plaignait-elle. Mais peu à peu, elle fit quelques tentatives et découvrit qu'il s'agissait d'un froid agréable.

Elle restait assise avec la petite bande sur la terrasse de l'hôtel dans le soleil étincelant, protégée par son confortable manteau, buvant à petites gorgées un chocolat chaud, pendant que les autres prenaient leurs cocktails.

L'entrain jovial et les joues rouges des gens l'intriguaient et la neige ne cessait de la fasciner. Le matin, quand Daphné et ses invités venaient chercher Dinah, elle suivait du regard le groupe exubérant qui se pressait sur les pistes. Ensuite, elle errait à travers le hall et les salons. Le personnel se montrait poli et souriant. Une boutique dans l'hôtel vendait des skis et les vêtements à mettre lorsqu'on s'en servait. Chaque jour, les étalages étaient renouvelés, de sorte qu'on voyait souvent Malika devant la vitrine, en train d'examiner la marchandise.

À deux reprises, un grand jeune homme s'était approché, comme s'il s'apprêtait à lui parler. Chaque fois, elle s'était détournée et avait repris sa promenade sans but. À mainte occasion, Tony et Dinah l'avaient mise en garde contre la tentation de parler à des inconnus. Elle pensait qu'il valait mieux observer ce précepte auquel ils semblaient tenir. Elle avait découvert que le barman, Otto, parlait l'espagnol, le matin, il avait peu de clients et elle en profitait parfois, pour entrer et bavarder avec lui. Un jour, il lui demanda pourquoi elle n'allait jamais skier avec ses amis.

— Je ne sais pas skier, répondit-elle, d'une voix sourde.

À cet instant, elle vit dans le miroir derrière le comptoir que le grand jeune homme était entré et se tenait dans la porte, comme s'il écoutait leur conversation. Elle espéra qu'Otto n'en dirait pas plus ; mais il reprit :

— Ce n'est pas une raison. Prenez des leçons. À Cortina, il y a des tas de bons moniteurs.

Malika secoua la tête de droite à gauche, d'un mouvement lent et répété.

Le jeune homme s'approcha du bar et dit en espagnol :

— Notre ami Otto a raison. Cortina est fait pour ça. Tout le monde skie ici.

Il s'appuya sur le comptoir et se tourna vers Malika.

— Je passe moi-même beaucoup de temps chez nos voisins du Sud, dit-il sur un ton de confidence. J'ai une petite hacienda du côté de Durango.

Malika le regarda, l'œil fixe. Il parlait en espagnol, mais elle ne comprenait rien à ce qu'il disait. Il se méprit sur son expression et fronça les sourcils.

— Qu'est-ce qu'il y a ? Vous n'aimez pas Durango ?

Elle dirigea le regard vers Otto, puis à nouveau vers le jeune homme. Ensuite, elle éclata de rire et la cascade de sons emplit agréablement le bar. Le visage du jeune homme parut se détendre tout d'un coup.

Elle se glissa de son tabouret, lui fit un sourire et dit :

— Je ne comprends pas. *Hasta luego*, Otto.

Tandis que le jeune homme cherchait encore, d'évidence, à retrouver ses esprits, elle fit demi-tour et sortit du bar.

Cela marqua le début d'une nouvelle amitié, qui ne fit que croître et embellir au cours de la journée. À la fin de l'après-midi, Malika et le jeune homme, qui disait s'appeler Tex, firent une promenade sur la route devant l'hôtel, là où la neige était bien damée. Autour d'eux, les cimes des montagnes devenaient roses.

Elle huma l'air avec avidité.

— J'aime cet endroit, déclara-t-elle, comme si c'était l'objet d'une discussion.

— Vous l'aimeriez encore mieux, si vous appreniez à faire du ski, lui dit-il.

— Non, non !

Elle hésita, puis elle poursuivit, très vite :

— Je n'ai pas de quoi payer les leçons. Je n'ai pas d'argent. Elles ne m'en donnent pas.

— Qui ça « elles » ?

Elle continuait à marcher à côté de lui sans répondre et il lui prit le bras. Avant la fin de la promenade, elle avait permis à Tex de lui offrir les leçons, les skis et des vêtements, à condition qu'ils aillent les choisir en ville, plutôt que dans la boutique de l'hôtel.

Les leçons commencèrent dès qu'elle fut équipée. Tex y assistait toujours. Dinah n'était pas contente du tout.

— C'est incroyable ! disait-elle. Inouï ! et elle demanda à Malika de lui montrer qui était ce Tex.

Malika, qui ne lui en avait jamais voulu de la laisser chaque jour se distraire comme elle le pouvait, ne parvenait pas à comprendre cette désapprobation. Elle était enchantée de son nouvel ami et organisa une rencontre avec Dinah dans le bar. Ils parlèrent anglais ensemble une demi-heure, pendant que Malika restait à les écouter.

— Ce Tex est un barbare, déclara Dinah plus tard.

Devant l'incompréhension de Malika, elle insista :

— C'est un idiot !

Malika se mit à rire. Elle interprétait l'éclat de Dinah comme un signe que Tex lui plaisait aussi.

— Il a bon cœur, répondit-elle sans s'émouvoir.

— Oui, oui. Tu le verras bientôt, son bon cœur, rétorqua Dinah avec un sourire tordu.

Malika avait remarqué que l'intérêt de Tex

était fondé en partie sur l'atmosphère de mystère qui l'entourait, et elle lui fournissait le moins possible d'informations sur sa personne. Il la prenait toujours pour une Mexicaine, apparentée à Dinah, et dont celle-ci, pour une raison ou pour une autre, avait la responsabilité. Cette méprise amusait Malika, qui ne faisait rien pour la corriger. Elle savait que Dinah et Daphné se trompaient, elles aussi ; dans leur idée, Malika avait une liaison avec Tex ; Malika était ravie qu'elles le pensent, précisément parce que c'était faux.

Parfois, en dépit des efforts de Malika pour l'en empêcher, Tex buvait trop de whiskies. Cela se produisait en général dans le bar, après le dîner. Son visage prenait alors une expression qui la faisait penser à un poisson échoué sur une plage. Les yeux exorbités, la bouche relâchée, il s'emparait de la main de Malika qu'il tenait enveloppée dans les siennes et gémissait : « Oh ! Mon ange ! » Pour Malika, c'était là l'expression d'un moment de désespoir. Elle soupirait, hochait la tête, et essayait de le consoler en lui disant que, dans peu de temps, il se sentirait mieux.

Les leçons de ski avançaient bien ; Malika passait presque toute la journée sur la neige avec Tex. Elle aurait même pris les repas à sa table, si Dinah ne l'avait pas interdit avec indignation.

Un jour, pendant le déjeuner, Dinah alluma une cigarette et dit :

— Demain, tu prendras ta dernière leçon de ski. Nous partons pour Paris, jeudi.

Malika vit qu'elle surveillait de près ses réactions. Elle décida de prendre l'air légèrement déçue, mais pas assez pour que Dinah y trouve la moindre satisfaction.

— Ces vacances ont été merveilleuses, poursuivit Dinah, et nous nous sommes tous très bien amusés, mais maintenant, c'est fini.

— *Así es la vida*, murmura Malika, la tête baissée.

XII

Cette après-midi-là, après la leçon, Malika et Tex étaient assis côte à côte sur la neige, regardant l'autre côté de la vallée dans la lumière qui baissait. Soudain, il s'aperçut qu'elle sanglotait. Tex tourna vers elle un regard consterné, puis il l'attira à lui, pour la réconforter. À travers ses larmes, elle répéta ce que Dinah lui avait dit au déjeuner.

Dès qu'elle sentit les bras de Tex autour de ses épaules, elle comprit la cause de son chagrin : elle ne voulait pas le quitter. Elle appuya la tête contre sa poitrine et sanglota :

— *Me quiero quedar contigo, Tex, contigo.*

À ces mots, Tex fut transfiguré. Le visage rayonnant, il lui dit, tout en cherchant à l'apaiser par de petits gestes câlins, qu'il ferait n'importe quoi pour elle. Si elle le voulait, il était prêt à l'emmener avec lui le soir même. Malika cessa de pleurer pour mieux l'écouter.

Avant de quitter le remblai de neige sur lequel ils étaient assis, ils avaient fixé leur départ au lendemain matin, dès que Dinah serait partie skier. Tex était résolu à éviter toute rencontre avec Dinah, et Malika lui fit écrire un mot sous sa dictée.

« Dinah, je ne veux pas aller à Paris en ce moment. Merci pour tout, et remercie aussi Daphné. J'ai adoré Cortina. Maintenant, je vais apprendre à skier. Je serai en Suisse quelque temps. Bonne chance, Malika. »

Tex avait loué une voiture avec chauffeur, assez grande pour y loger les nombreux bagages de Malika et qui devait les prendre à l'hôtel à neuf heures et demie du matin. Le départ se passa sans encombre. Malika remit le message pour Dinah au chef de la réception. Il ne lui parla pas de sa note, chose qu'elle craignait un peu, et se borna à hocher la tête avec gravité.

En sortant de Cortina, Malika dit :

— Dinah va être furieuse.

— J'y pensais. Va-t-elle nous faire des ennuis ?

— Elle ne peut rien faire. Elle n'a jamais vu mon passeport. Elle ne connaît même pas mon nom.

Tex eut l'air abasourdi et commença à lui poser une longue série de questions. Mais Malika, toute joyeuse de contempler le magnifique panorama enneigé, répondait sans répondre ; elle lui prenait la main de temps à autre pour attirer son attention sur un détail du paysage, et elle parvint tout doucement à se rendre maîtresse de la situation, sans qu'il s'en aperçoive.

Ils déjeunèrent dans un petit restaurant à Mezzolombardo. Le garçon apporta une bouteille de vin et leur versa à chacun un verre.

— Non, dit Malika, repoussant le sien.

— Ton amie Dinah n'est plus là, rappela Tex. Tu peux faire ce que tu veux.

— Dinah ! s'écria Malika, d'un ton de mépris. Qu'ai-je à faire de Dinah ! Elle n'est rien à côté de la parole de Dieu !

Il se contenta de lui jeter un regard désorienté, sans poursuivre le sujet plus avant, et il but la bouteille entière, à lui tout seul, de sorte qu'il retourna à la voiture de bonne humeur et tout à fait détendu. Tandis qu'ils roulaient vers le sud sur l'autostrada, il n'eut d'autre souci que de serrer avec fièvre la main de Malika dans la sienne, de lui donner de petits baisers dans le cou, et pour finir, de l'embrasser avec passion en plein sur la bouche. Malika n'eût rien pu espérer de mieux.

XIII

À Milan, pendant le dîner, Malika le regarda boire deux bouteilles de vin. Plus tard, il prit plusieurs whiskies dans le bar. À Cortina, elle le suppliait de s'arrêter, mais ce soir-là, elle fit semblant de ne pas remarquer qu'il sombrait dans une ivresse totale. Elle entreprit plutôt de lui raconter une histoire fort compliquée qu'elle connaissait depuis l'enfance, au sujet d'une goule qui vivait dans une grotte et déterrait les cadavres fraîchement inhumés pour en extraire le foie. Mais elle vit l'expression ahurie de Tex et s'arrêta au beau milieu de sa narration.

Il hocha la tête d'un air désabusé.

— Quelle imagination ! dit-il.

— Je veux apprendre l'anglais, dit Malika, renonçant à la goule. C'est là ce que je vais faire en Suisse.

Lorsqu'ils montèrent à l'étage, Tex était parfaitement ivre. C'était dommage, car elle le préférait de beaucoup quand il était sobre. Mais elle prévoyait qu'il voudrait sans doute coucher avec elle et jugeait plus prudent qu'il n'ait pas l'esprit trop clair pour leur rencontre initiale. Il fallait, c'était capital, lui faire croire qu'il était le premier.

Le matin, lorsqu'il s'éveilla, le regard fixe, cherchant à se rappeler, elle lui confia que cela n'avait pas été aussi douloureux qu'elle ne le craignait. Plein de repentir, Tex était au bord des larmes, lorsqu'il implora son pardon. Elle sourit et le couvrit de baisers.

Après avoir posé ces premiers jalons, elle continua dans la même voie, sans but précis, simplement pour accroître son emprise. Profitant de ce qu'il avait le cerveau embrumé par ce remords matinal, elle le fit jurer de renoncer au whisky.

Au Grand Saint-Bernard, quand la police leur rendit leur passeport, Malika vit que Tex regardait le sien avec étonnement. Lorsqu'ils eurent regagné la voiture, il demanda à le revoir. Les caractères arabes avaient piqué sa curiosité au vif et semblaient lui causer une forte excitation. Il se mit à lui poser des tas de questions sur le Maroc auxquelles elle n'eût pu en aucun cas répondre, même si elle avait été d'humeur à le faire. Elle l'assura que c'était comme n'importe quel autre pays. Maintenant, je regarde la Suisse, lui dit-elle.

Ils arrivèrent à Lausanne au coucher du soleil et prirent des chambres dans un grand hôtel au bord du lac, à Ouchy. C'était bien plus grandiose que l'auberge de Cortina, et les gens, qui n'étaient pas en tenue de ski, paraissaient à Malika beaucoup plus élégants.

— J'aime cet endroit, dit-elle à Tex pendant le dîner. Combien de temps pouvons-nous y rester ?

Le lendemain matin, sur l'insistance de Malika, ils allèrent s'inscrire à l'école Berlitz, pour y suivre les cours intensifs, elle d'anglais, lui de français. Elle voyait que Tex la croyait incapable de se tenir à leur strict emploi du temps sans se lasser, mais elle était décidée à ne pas quitter Lausanne avant de pouvoir soutenir une conversation en anglais. Ils passaient chaque matinée dans leur classe respective, déjeunaient ensemble et retournaient ensuite à l'école.

Tous les vendredis après-midi, Tex louait une voiture ; ils allaient à Gstaad et s'arrêtaient pour dîner en route. Le samedi et le dimanche, sauf s'il neigeait, ils skiaient toute la journée à Wasserngrat ou à Eggli. Parfois, Tex exigeait de rester jusqu'au lundi, ce qui leur faisait manquer les cours du matin. Malika voyait bien que si elle avait laissé Tex agir à sa guise, il ne serait jamais rentré le dimanche et aurait prolongé les fins de semaine de plus en plus. Il approuvait les cours d'anglais, mais il ne comprenait pas pourquoi Malika en avait une telle obsession. Elle-même eût été incapable de le lui expliquer. Elle savait seulement que si elle cessait d'apprendre, elle était perdue.

XIV

Ils passèrent l'hiver à Lausanne sans se faire d'amis, car ils se suffisaient entièrement l'un à l'autre. Un jour, en sortant de la Schweizerische Kreditanstalt où Tex avait ouvert un compte pour Malika, il se tourna vers elle et lui demanda à brûle-pourpoint si elle avait jamais pensé au mariage.

Elle le regarda, perplexe.

— J'y pense tout le temps. Tu sais que cela me rend très heureuse d'être mariée avec toi.

Tex la dévisagea, comme s'il n'avait rien compris. Au bout d'un instant, il lui prit le bras et l'attira vers lui.

— Cela me rend heureux, moi aussi, lui dit-il.

Pourtant elle voyait bien qu'il n'était pas complètement satisfait. Plus tard, lorsqu'ils se retrouvèrent seuls, il lui dit que, naturellement, oui, c'était vrai, ils étaient mariés, mais que lorsqu'il lui en avait parlé, il pensait à un mariage officiel, avec des papiers.

— Avec des papiers, ou sans les papiers ! C'est pareil, non ? Quand deux personnes s'aiment, qu'est-ce que les papiers ont à y voir ?

— Ce sont les gouvernements, expliqua-t-il.

Ils préfèrent que les gens aient des papiers de mariage, s'ils sont mariés.

— Bien sûr, acquiesça-t-elle. Au Maroc aussi. Beaucoup de gens mariés ont fait les papiers.

Elle était sur le point d'ajouter que ces papiers devenaient importants surtout quand on avait l'intention d'avoir des enfants, mais elle sentit qu'elle s'avançait sur un terrain dangereux et elle se reprit à temps. À la manière dont il l'interrogeait parfois, elle avait compris qu'il se demandait si elle n'était pas enceinte. Ses questions l'amusaient, car son inquiétude supposait qu'il n'y avait pas eu avant Tex un Tim pour lui montrer comment se débrouiller afin d'être toujours tranquille.

Un matin où elle se plaignait de fatigue, il lui posa la question franchement.

— Tu crois que les femmes marocaines ne savent rien ? s'écria-t-elle. Si elles veulent des enfants, elles en font. Sinon, elles n'en font pas.

Il hocha la tête d'un air de doute.

— Ces remèdes de bonne femme ne marchent pas toujours.

Elle comprit que le danger était passé, il ne savait rien du Maroc.

— Le mien marche, dit-elle.

Si elle ne lui parlait jamais de l'Amérique et ne posait aucune question sur sa famille, c'est qu'elle était incapable de se représenter sa vie là-bas avec assez de précision pour en être curieuse. En revanche, Tex parlait de son pays de plus en plus souvent. C'était la première fois qu'il restait absent aussi longtemps, lui dit-il. Malika interprétait ces remarques comme des avertissements : il en avait assez de leur existence actuelle et il méditait un changement. Cette idée semait la terreur en son âme, mais elle voulait éviter qu'il s'en aperçoive.

Parfois, elle le surprenait en train de la regarder avec une expression d'incompréhension totale. À présent (Malika y tenait), ils conversaient souvent en anglais. Elle trouvait que cela lui allait mieux que l'espagnol et qu'il avait une voix toute différente.

— Est-ce que tu voudrais te marier ? Je veux dire, avec les papiers.

— Oui, si tu veux.

— Mais toi ? insista-t-il.

— Si tu le désires, moi aussi bien sûr, je le veux.

Ils se marièrent dans le presbytère d'un pasteur protestant. Celui-ci fit remarquer à Tex en aparté qu'il n'était pas pour le mariage avec une fiancée aussi jeune. Selon mon expérience, dit-il, les unions de ce genre résistent rarement à l'épreuve du temps.

Pour Malika, tout cet épisode n'était qu'une de ces inepties qui semblent avoir la faveur des nazaréens. Mais elle percevait clairement que c'était fort important pour Tex. Son caractère même paraissait avoir subi une subtile métamorphose et, depuis la cérémonie, il semblait plus sûr de lui. Elle le préférait ainsi et décida qu'en son for intérieur, Tex devait être profondément dévot. Les papiers, de toute évidence, constituaient une formalité requise par la religion nazaréenne. Maintenant que Tex les avait obtenus, il se sentait plus en sécurité.

Deux semaines seulement s'étaient écoulées, quand, après avoir bu un peu plus de vin que d'habitude, Tex annonça qu'ils allaient rentrer chez eux. Malika accueillit la nouvelle sans joie, avec un sentiment d'inquiétude. Elle constatait qu'il avait l'air content de quitter le monde d'hôtels et de restaurants dans lequel ils vivaient, et elle soupçonnait que la vie dans une maison serait tout à fait autre et beaucoup moins amusante.

À nouveau, elle ne vit rien d'intéressant pendant le voyage en avion, mais cette fois-ci, il dura si longtemps qu'elle en conçut de l'appréhension. Tex avait sommeil, pourtant elle le dérangea plusieurs fois pour lui demander où ils étaient.

À deux reprises, il lui répondit d'un ton jovial : « Dans le ciel. » La fois suivante, il dit : « Quelque part au-dessus de l'océan, j'imagine. » Et il lui lança un coup d'œil furtif.

— Nous n'avançons plus, lui dit-elle. L'avion est arrêté.

Il se contenta de rire, mais de telle façon qu'elle eut l'impression d'avoir fait une gaffe.

— Je n'aime pas cet avion, lui dit-elle.

— Dors, lui conseilla-t-il.

Elle ferma les yeux et resta assise sans bouger. Elle avait le sentiment d'être partie beaucoup trop loin — si loin que maintenant, elle n'était plus nulle part. En dehors du monde, se dit-elle en arabe, avec un frisson.

XV

L'aspect de Los Angeles confirma Malika dans son idée qu'elle avait laissé derrière elle tout ce qui était compréhensible, et qu'elle se trouvait à présent dans un endroit complètement différent, dont elle ne pouvait saisir les règles. Ils allèrent de l'aéroport au sommet de la montagne où se trouvait une maison cachée dans les bois. Tex lui en avait parlé, mais elle s'était imaginé tout autre chose, un peu comme la Montagne à Tanger, où les maisons étaient entourées de grands jardins. Ici, la demeure était enfouie dans les arbres ; même lorsqu'ils approchèrent de la porte, elle n'en voyait pas toute la façade.

— En plein dans la forêt, dit-elle, étonnée.

Un petit Philippin fort laid, en veste blanche,

leur ouvrit la porte. Il salua très bas et prononça un bref discours de bienvenue. Elle voyait bien qu'il parlait anglais, mais ce n'était pas l'anglais qu'on lui avait appris à Lausanne. Lorsqu'il eut fini, elle le remercia avec gravité.

Plus tard, elle demanda à Tex ce que le petit homme avait dit.

— Il te souhaitait d'être heureuse ici dans ta nouvelle maison, c'est tout.

— Ma maison ? Mais ce n'est pas ma maison, c'est la tienne.

— Pas ta maison ? Mais bien sûr qu'elle est à toi. N'es-tu pas ma femme ?

Malika fit un signe d'assentiment. Mais, quoi qu'on pût lui dire, elle savait que les hommes, s'ils se fatiguent de leurs femmes, les mettent à la porte et en prennent d'autres. Elle aimait Tex, elle avait confiance en lui, mais elle ne s'attendait pas à ce qu'il se distingue de l'ensemble des hommes sur ce point. Le jour venu, elle savait qu'il trouverait un prétexte pour se débarrasser d'elle. L'important était de repousser l'instant fatal, de l'éloigner autant que possible. Elle hocha la tête et dit avec un sourire :

— J'aime cette maison, Tex.

Les pièces, de forme irrégulière, offraient des niches et des alcôves inattendues garnies de moelleux divans et de coussins empilés. En inspectant la maison, elle nota avec satisfaction les grilles en fer forgé qui barraient les fenêtres.

Déjà, elle avait remarqué la massive porte d'entrée et ses puissants verrous.

Le soir, assis devant la cheminée, ils entendirent hurler les coyotes.

— Des chacals, murmura Malika en tournant la tête. Très mauvais cela.

Elle ne comprenait pas qu'on gaspille son argent à construire une aussi jolie demeure dans un lieu aussi solitaire. Et surtout, elle ne parvenait pas à imaginer pour quelle raison on avait laissé les arbres pousser si près de la maison. Sans le dire, elle décida qu'elle ne sortirait jamais sans Tex et qu'elle ne resterait en aucun cas dans la maison sans lui.

Le lendemain matin, Tex se préparait à descendre en ville.

Malika le poursuivit à travers toute la maison en criant :

— Attends ! Je t'accompagne !

— Tu t'ennuierais, lui dit-il. Je dois aller chez un avocat. Reste ici avec Salvador.

Elle ne pouvait dire à Tex qu'elle avait peur de rester ; c'eût été un affront impardonnable.

— Non, non, non ! Je veux voir la ville, lui dit-elle.

Il l'embrassa et ils se mirent en route. La voiture était plus grande que celle qu'ils avaient louée à l'aéroport la veille.

— Je veux toujours aller avec toi, partout, lui confia-t-elle dans l'espoir de créer un précédent.

Durant les semaines au cours desquelles elle passa du temps à contempler les rues, elle ne réussit pas à comprendre ce qui motivait la vie ici. Les gens se dirigeaient toujours quelque part, ils étaient toujours pressés. Elle était trop avisée pour s'imaginer que tous ces gens étaient interchangeables, mais elle ne disposait d'aucun moyen qui lui permette de les situer. Au Maroc, en Europe, elle avait vu des gens actifs et occupés parmi d'autres qui les regardaient. Partout, où qu'on soit, quoi qu'on fasse, il y avait des badauds. En Amérique, lui semblait-il, chacun se dirigeait vers un lieu précis, personne n'était jamais assis à regarder. C'était troublant, elle se sentait loin, très loin de tout ce qu'elle connaissait. Les autoroutes la terrorisaient ; elle ne pouvait se défaire de l'idée que les voitures fuyaient le site de quelque épouvantable catastrophe qui les avait jetées sur les routes, pleines de réfugiés. Elle eut l'occasion d'observer à loisir les petites maisons alignées côte à côte, kilomètre sur kilomètre, et de comparer ces humbles demeures à la maison sur la montagne. Il lui vint à l'idée que c'était peut-être un privilège d'habiter là-haut et qu'elle avait de la chance. Un jour, elle se tourna vers Tex et dit :

— As-tu plus d'argent que ces gens ?

— Quels gens ?

Elle fit un geste de la main :

— Ceux qui habitent dans ces maisons.

— Je ne sais rien de l'argent des autres, lui répondit-il. Tout ce que je sais, c'est que moi, je n'en ai jamais assez.

Elle regarda, par la vitre de la portière, les rangées de maisonnettes en bois, entourées de buissons poussiéreux ; elle ne pouvait croire ce qu'il lui disait.

— Mais tu as plus d'argent qu'eux, affirma-t-elle. Pourquoi ne veux-tu pas le dire ?

Il eut un rire amusé.

— L'argent que j'ai, je l'ai gagné. Le jour de mes vingt et un ans, mon père m'a tendu un chèque et il m'a dit : Tiens. Voyons ce que tu seras capable d'en faire. En trois ans, j'en ai tiré quatre fois et demie la somme qu'il m'avait donnée. C'est là ce que tu voulais dire, papa ? lui ai-je demandé. Et il m'a répondu : Oui, c'est bien cela, mon fils.

Malika eut un moment de réflexion. Puis elle dit :

— Et maintenant, quand il a besoin d'argent, c'est toi qui lui en donnes.

Tex lui lança un regard de côté et il dit avec sérieux :

— Bien sûr.

Elle voulait lui demander s'il n'avait pas d'amis à Los Angeles. Depuis leur arrivée, elle n'en avait jamais rencontré aucun et trouvait cela étrange. Ce pouvait être une coutume locale qui prescrivait une période de stricte intimité pour les nouveaux mariés. Ou bien, il était possible que Tex n'ait ici que des relations féminines ; en ce cas, les convenances interdiraient qu'elle fasse leur connaissance. Lorsqu'elle l'interrogea, il lui dit qu'il venait rarement à Los Angeles.

— Je suis la plupart du temps au Texas avec ma famille, lui expliqua-t-il, ou alors à Durango dans mon hacienda.

En haut de la maison, il y avait un atelier avec un large balcon-solarium qui échappait à l'ombre des arbres au milieu de la journée. Malika ne se sentait pas vraiment à son aise sur cette terrasse que rien ne protégeait de l'épaisse forêt. Elle craignait que des oiseaux malfaisants ne s'abritent dans les branchages. Parfois, Tex et elle s'asseyaient ici entre deux plongeons dans la piscine, laquelle, située en bas dans le patio fermé, lui semblait un lieu sûr. Tex la contemplait allongée sur un matelas et il lui disait qu'elle n'avait jamais été aussi belle. Elle l'avait constaté par elle-même, mais cela lui faisait plaisir qu'il l'ait remarqué, lui aussi.

XVI

Un jour, Tex annonça qu'ils attendaient un convive pour le dîner, un homme qu'il appelait

J.P. C'était un vieil ami de son père qui l'aidait à gérer ses finances. Malika fut curieuse d'en savoir plus long sur ce travail et Tex essaya de lui expliquer les rouages de l'investissement boursier. Elle se tint coite un moment.

— Mais alors, on ne peut gagner de l'argent que si on en a déjà, remarqua-t-elle.

— Oui, convint Tex. C'est à peu près cela.

J.P., un homme entre deux âges et fort bien habillé, portait une petite moustache grisonnante. Il fut enchanté de Malika qu'il appelait ma Petite Dame. Ce terme lui parut péjoratif et proche de l'insulte, mais elle ne dit rien, car elle avait constaté que pour le reste, J.P. était agréable et de bonne compagnie. En outre, Tex lui avait recommandé :

— Rappelle-toi, si jamais tu as besoin d'une aide quelconque, n'importe laquelle, tu n'as qu'à appeler le numéro de J.P. C'est comme mon père.

Bien qu'il n'eût pas l'air de la prendre très au sérieux, Malika décida au cours du dîner que J.P. était en réalité fort sympathique. Après le repas, Tex et lui se mirent à parler. Les mots continuèrent si longtemps que Malika s'endormit sur un divan et ne s'éveilla qu'après le départ de leur hôte. Elle se montra pleine de remords d'avoir été si impolie, mais elle blâma Tex de l'avoir laissée s'endormir.

Il se jeta à côté d'elle sur le sofa.

— J.P. t'a trouvée formidable. Il dit que tu es de loin la plus belle fille qu'il ait jamais vue.

— Il est gentil, c'est un homme agréable, murmura-t-elle.

Depuis son arrivée en Californie, la vie de Malika lui semblait bien immobile. En y réfléchissant, elle conclut que cela datait du jour où elle avait quitté l'école Berlitz. En toute innocence, elle demanda à Tex la permission de reprendre les leçons. À son étonnement, il repoussa l'idée. « Ce serait ridicule, lui dit-il, il te suffirait de t'exercer un peu par la conversation. » En général, il ne lui refusait rien, aussi continua-t-elle à réclamer des leçons, sans tenir compte de son avis. Soudain, elle comprit qu'il allait céder. Il semblait prendre le désir de Malika pour une critique personnelle. Enfin, elle s'aperçut qu'il était fâché.

— Tu ne comprends pas ! s'écria-t-elle. Il faut que je fasse encore de l'anglais, afin de pouvoir étudier d'autres choses.

— Étudier !

— Bien sûr, répliqua-t-elle avec calme. Je vais toujours continuer à étudier. Tu crois que je voudrais rester comme je suis maintenant ?

— Mais pour l'amour de moi, ma chérie, j'espère bien que tu ne changeras pas. Tu es parfaite.

Il voulut l'entourer de ses bras, mais elle se dégagea.

Ce soir-là, Tex lui dit :

— Je vais engager une femme pour aider à la cuisine. Ainsi, Salvador pourra te donner des leçons. C'est là une chose que tu devrais apprendre, tu ne crois pas ?

Malika garda le silence.

— Veux-tu que j'apprenne ? Tu sais que j'ai envie de te rendre heureux.

Plusieurs heures chaque jour, Malika se mit à la cuisine avec Salvador et Concha, une jeune Mexicaine dont le petit Philippin méprisait ouvertement les capacités. La cuisine était une pièce agréable, mais la quantité de machines bizarres qui s'y trouvaient et de sonneries qui retentissaient sans cesse, tandis que Salvador courait à droite et à gauche, l'impressionnait et lui brouillait les idées. Elle avait même un peu peur de Salvador, dont la figure ne changeait jamais d'expression : un sourire figé. En cas de contrariété, il semblait s'élargir encore. Elle se donnait du mal pour suivre scrupuleusement toutes ses directives. En peu de temps, il réussit à lui enseigner des plats simples, qu'on servait pour le déjeuner. Si la recette exigeait une sauce béchamel ou chasseur, il la préparait lui-même et l'incorporait ensuite, car Malika mesurait mal les temps nécessaires. Elle était contente de voir que Tex trouvait les mets qu'elle avait confectionnés dignes d'être présentés à table. Elle continua à passer deux heures dans la cuisine chaque matin, ainsi qu'une heure environ, le soir avant le dîner. Parfois elle aidait Salvador et Concha à préparer un panier de pique-nique qu'ils emportaient à la plage. Elle aurait eu plaisir à décrire à Tex les pique-niques sur la plage à Tanger, mais c'était malheureusement impossible.

XVII

Parfois, malgré les supplications de Malika, Tex profitait des séances de cuisine du matin pour faire une course en ville dans la petite voiture. Elle se faisait du souci jusqu'à ce qu'il soit rentré, mais il revenait toujours à temps pour le déjeuner. Un jour, Tex n'apparut pas à l'heure habituelle. Le téléphone se mit à sonner. Salvador s'essuya les mains et passa à l'office pour répondre, tandis que Malika et Concha continuaient à bavarder en espagnol. Au bout d'un instant Salvador réapparut dans la porte et, avec un sourire radieux, il annonça à Malika que la police avait téléphoné pour dire que monsieur Tex avait eu un accident et qu'on l'avait transporté dans un hôpital à Westwood.

Malika se précipita sur le petit homme et le saisit par les épaules :

— Téléphonez à J.P. !

Elle trépignait d'énervement tandis qu'il cherchait le numéro et le composait au cadran. Dès qu'il eut obtenu J.P., elle lui arracha le téléphone des mains.

— J.P. ! Venez me chercher ! Je veux voir Tex.

Elle entendait la voix de J.P., calme, rassurante :

— Oui. Attendez-moi tranquillement. Je serai là aussitôt que possible. Ne vous inquiétez pas. Repassez-moi Salvador.

Elle laissa Salvador en train de parler et monta en courant jusqu'à l'atelier où elle se mit à marcher de long en large. Si Tex était à l'hôpital, il n'allait sans doute pas rentrer pour la nuit et elle ne voulait pas rester sans lui. Elle sortit sur le balcon et regarda fixement les arbres. Tex est mort, pensa-t-elle.

L'après-midi était déjà avancée quand la voiture de J.P. s'arrêta devant la maison. Il trouva Malika dans l'atelier, à plat ventre sur un canapé. Au son de sa voix, elle se releva d'un bond et courut vers lui, les yeux égarés.

Ce soir-là, Malika dormit chez J.P. Il avait insisté pour la ramener avec lui et pour la confier aux soins de sa femme, car en effet Tex était mort ; il avait succombé peu de temps après son arrivée à l'hôpital.

J.P. et sa femme ne s'appesantirent pas sur le malheur de Malika. Madame J.P. dit que les témoignages de sympathie dans ces cas-là pouvaient déclencher une crise d'hystérie. Malika déversait sur eux un flot de paroles entrecoupé de pleurs. Parfois elle oubliait que ses interlocuteurs ne comprenaient ni l'arabe ni l'espagnol et ils devaient l'inciter à revenir à l'anglais. Elle avait juré d'accompagner Tex chaque fois qu'il sortirait. Elle n'avait pas tenu parole, donc il avait été tué. C'était le seul être au monde qu'elle aimait, elle était si loin de chez elle, et qu'allait-elle devenir ici toute seule ?

Cette nuit-là, allongée dans l'obscurité, attentive aux hurlements des sirènes de police, elle fut assaillie à nouveau par la sensation qui s'était emparée d'elle dans l'avion, celle d'être partie trop loin et d'avoir perdu toute possibilité de retour. Auprès de Tex, elle avait pu accepter l'étrangeté de cet endroit ; maintenant, elle se voyait comme une naufragée sur une terre inconnue peuplée de créatures aux intentions insondables. Et personne ne pouvait venir à son secours, car personne ne savait où elle était.

Elle passa plusieurs nuits chez J.P. Pendant les journées, elle allait dans les supermarchés et autres points d'intérêt en compagnie de madame J.P.

— Il faut vous occuper, lui disait son hôtesse. Allons, nous ne devons pas vous laisser broyer du noir.

Il n'y avait aucun moyen, cependant, d'empêcher Malika de s'inquiéter. Échouée dans ce pays où elle n'avait plus aucune raison d'être, sans même une peseta pour acheter du pain, et où seul le bon vouloir de J.P. et de sa femme lui permettait de ne pas mourir de faim, qu'allait-elle devenir ?

XVIII

Un matin, J.P. lui-même conduisit Malika en voiture à son bureau. Par respect pour lui, elle s'était vêtue avec grand soin et portait un tailleur en soie grise de chez Balenciaga. Son entrée dans les bureaux en compagnie de J.P. créa un remous d'intérêt. Lorsqu'elle fut assise en face de lui, de l'autre côté de sa table de travail dans une petite pièce à l'écart, il tira une liasse de papiers d'un tiroir. Pendant qu'il les feuilletait, il se mit à parler.

— Betty me dit que vous vous faites du souci pour l'argent.

Sur un signe affirmatif de Malika, il poursuivit :

— Si j'ai bien compris, vous n'en avez pas du tout. Est-ce exact ?

Elle fouilla dans son sac à main d'où elle sortit un billet de vingt dollars chiffonné que Tex lui avait donné un jour pendant qu'il faisait ses courses.

— C'est tout ce que j'ai, dit-elle, en les lui montrant.

J.P. se racla la gorge.

— Eh bien, je veux que vous cessiez de vous inquiéter. Dès que tous les problèmes seront réglés, vous aurez des revenus réguliers. Entretemps, je vous ai ouvert un compte-chèques à la banque située au rez-de-chaussée de ce bâtiment.

Il remarqua sur son visage une expression anxieuse.

— L'argent est à vous, s'empressa-t-il d'ajouter. Vous êtes son unique héritière. Une fois acquittés les droits et tout ce qui s'ensuit, il vous restera encore un capital important. Et si vous êtes sage, vous n'y toucherez pas, vous le laisserez en bons du Trésor et en certificats de dépôt. Ainsi, ne vous faites plus de souci.

— Oui, fit-elle, n'ayant rien compris.

— Je ne permettais jamais à Tex de jouer à la Bourse, poursuivit J.P. Il n'avait aucun sens des affaires.

Malika fut choquée de l'entendre dénigrer le pauvre Tex de la sorte, mais elle répondit :

— Je vois.

— Quand nous aurons tout réglé et que les choses tourneront régulièrement, vous aurez, je pense, environ cinquante mille dollars par mois. Peut-être un peu plus.

— Est-ce suffisant ? demanda-t-elle, prudente.

Il lui lança un coup d'œil par-dessus ses lunettes.

— Je crois que vous trouverez cela suffisant.

— Je l'espère, dit-elle avec ferveur. Vous savez, je ne comprends pas l'argent. Je n'ai jamais rien acheté toute seule. Combien coûtent les choses ? Je n'en sais rien ici, dans mon pays seulement.

— Bien sûr.

J.P. poussa un carnet de chèques dans sa direction.

— Vous comprenez, c'est un compte temporaire que vous pouvez utiliser maintenant, en attendant que les formalités soient terminées. J'espère que vous ne tirerez pas de chèques sans provision. En fait, je suis sûr que vous ne le ferez pas.

Il lui fit un sourire encourageant. Souvenez-vous, poursuivit-il, il n'y a que vingt-cinq mille dollars. Alors soyez sage et surveillez les chèques que vous faites.

— Mais je ne peux pas faire ce que vous me dites, s'exclama-t-elle. S'il vous plaît, faites-le pour moi.

J.P. soupira.

— Savez-vous écrire votre nom ? demanda-t-il, d'une voix très calme.

— Tex m'a montré à Lausanne, mais j'ai oublié.

Malgré lui, J.P. leva les bras au ciel.

— Ma chère dame, comment pensez-vous vivre ? Vous ne pouvez pas continuer comme cela.

— Non, dit-elle, pitoyable.

J.P. repoussa son siège et se leva.

— Eh bien, dit-il, d'un ton jovial, ce que vous ne savez pas, vous pouvez toujours l'apprendre. Pourquoi ne monteriez-vous pas ici tous les matins pour étudier avec Miss Galper ? Elle est maligne à souhait. Elle vous enseignera tout ce que vous avez besoin de savoir. Voilà mon conseil.

La violence de sa réaction le surprit. Elle se leva d'un bond et le serra dans ses bras.

— Oh ! J.P., c'est ce que je veux ! C'est exactement ce que je veux !

XIX

Le lendemain, Malika déménagea ses bagages dans un hôtel de Beverly Hills. Sur le conseil de J.P., elle garda Salvador à son service ; il continuait d'habiter la maison mais n'exerçait plus que la fonction de chauffeur. Tous les matins, il venait la chercher à l'hôtel et la conduisait au bureau de J.P. Elle trouvait cette organisation stimulante.

Miss Galper, agréable jeune femme à lunettes, passait la matinée avec elle à travailler, après quoi elles déjeunaient d'habitude ensemble. Les récits de Malika, ses descriptions de l'Europe et du Maroc fascinaient Miss Galper dont la vie avait été assez terne. Il subsistait cependant un fond de mystère dans son histoire, car elle n'expliquait jamais comment elle s'était trouvée dans l'appartement de Tim à Tanger. Dans sa version, elle aurait pu naître au cours d'un pique-nique sur la plage de Sidi Qacem.

Au bout de deux mois, J.P., constatant que Malika n'avait rien perdu de son sérieux et de sa détermination à poursuivre son instruction pratique, lui suggéra que les leçons aient lieu à son hôtel. C'était maintenant Miss Galper que Salvador accompagnait à Beverly Hills. Parfois il les conduisait à Westwood pour faire des courses, petites expéditions qui enchantaient Malika car, pour la première fois, elle prenait conscience des prix et pouvait évaluer le pouvoir d'achat de son argent. J.P. lui dit qu'avec l'héritage de Tex elle pourrait vivre mieux que la plupart des gens. Sur le moment, elle s'était imaginé qu'il disait cela pour la consoler mais maintenant elle comprenait les prix et s'apercevait qu'il avait dit vrai.

Elle ne dit rien à Miss Galper de son étonnement devant des prix aussi bas. Au lieu de cela, elle la submergeait d'un flot constant de petits cadeaux.

— C'est assez, Malika, vous ne devez pas continuer, lui dit Miss Galper.

Le premier mois, elles n'avaient fait que du calcul ; ensuite Malika apprit à lire l'heure, les noms des jours et des mois. Non sans quelque difficulté, Miss Galper lui enseigna à signer les deux formes de son nom : *Malika Hapgood* et *Mrs Charles G. Hapgood.* Au moment où les leçons furent transférées à l'hôtel, les exercices de Malika consistaient à écrire en toutes lettres des sommes compliquées qui lui étaient données en chiffres. Ensuite, elles reprirent les dates et il fallut apprendre à les écrire correctement.

— Vous pouvez confier tout le reste à une secrétaire, lui dit Miss Galper, mais il faut que vous vous occupiez vous-même de votre argent.

Dans ce but, elle fit à Malika un cours complet sur la lecture des relevés bancaires et lui expliqua comment planifier les achats d'obligations pour s'assurer des revenus réguliers.

Mois après mois, Malika découvrait le monde qui l'entourait et elle commença à percevoir l'étendue de son ignorance. Elle conçut une envie passionnée d'être en mesure de lire ce qui était imprimé dans les journaux et les magazines.

— Je ne suis pas professeur d'anglais, lui dit Miss Galper, J.P. ne me paie pas pour cela. Nous pouvons vous trouver un bon professeur quand vous voudrez.

Malika, certaine que seule Miss Galper pouvait l'instruire, demanda l'avis de J.P. Au bout d'un certain temps de discussion, il mit au point un projet qui enchanta Malika et convint également à Miss Galper. Il allait donner à celle-ci un an de congé avec salaire et Malika pourrait la prendre comme dame de compagnie. Ainsi, fit-il comprendre à Malika, elle pourrait avoir les leçons de lecture qu'elle désirait. Il ajouta que Miss Galper n'était peut-être pas la personne idéale pour les lui donner, mais puisque Malika insistait tellement, cette solution lui paraissait viable.

Ce fut Miss Galper qui eut l'idée d'un voyage en Europe. J.P. leur suggéra d'acheter une grosse voiture, de l'embarquer sur un cargo et d'emmener Salvador avec elles pour récupérer l'auto à leur arrivée et leur servir de chauffeur. Entendant cela, Malika demanda s'ils ne pourraient pas tous voyager sur le bateau avec la voiture. Ce serait peut-être possible, lui répondit J.P.

En définitive, J.P. s'était occupé de fournir à Malika un nouveau passeport, et avait même aidé Miss Galper et Salvador à obtenir le leur plus vite. Accompagné de madame J.P., il leur fit des adieux prolongés sur le quai à San Pedro. Le bateau était un confortable cargo norvégien à destination de l'Europe, *via* Panamá.

Le navire se trouva bientôt dans des eaux tropicales. Malika déclara que dans son idée, on ne devait rencontrer une telle chaleur qu'au Sahara, certainement pas sur la mer.

Elle n'avait rien à faire de la journée. Salvador passait le plus clair de son temps à dormir. Miss Galper lisait, assise sur le pont. Elle avait refusé de donner la moindre leçon à Malika sur le bateau. Cela me donnerait le mal de mer, lui assurait-elle. Mais elle avait remarqué l'ennui de Malika et lui parlait pendant de longs moments.

XX

Malika ne pouvait rester assise, comme le faisait Miss Galper, à regarder la mer. La monotonie de l'horizon plat de toutes parts lui causait le même sentiment d'irréalité qu'elle avait éprouvé dans l'avion avec Tex. Ce fut un soulagement d'arriver à Panamá, car il devint clair que le bateau n'était pas resté immobile durant tout ce temps et qu'il avait atteint une région bien différente de leur point de départ.

Le passage du canal prit une journée entière. Malika resta debout sur le pont, répondant par des gestes aux signes des ouvriers qui travaillaient sur les écluses. Mais à partir de Panamá, sa nervosité s'accrut de jour en jour. Elle en était réduite, chaque après-midi, à d'interminables parties de dames dans l'étroit salon réservé aux passagers, avec, pour partenaire, un Salvador qui bâillait de plus en plus. Pendant ces séances, ils n'échangeaient pas une parole. Depuis le début du voyage, le capitaine insistait pour que Malika visite la passerelle des officiers. Un jour, Miss Galper avait mentionné qu'il avait le droit de se saisir de n'importe quelle personne à bord de son bâtiment et de la faire enfermer dans une cellule sombre à fond de cale. Lorsque Malika se décida à accepter son invitation, elle se fit accompagner de Miss Galper.

Debout à la proue du navire, Malika contemplait devant elle les remparts blancs de Cadix. Tandis que le navire pénétrait dans le port, elle sut par la lumière, la couleur des murs et les odeurs charriées par le vent, qu'elle retrouvait sa terre natale et qu'elle n'était pas loin de chez elle. Longtemps elle avait refusé de penser à la petite maison au-dessus du ravin. Maintenant qu'elle n'en avait plus peur, elle pouvait se l'imaginer avec un sentiment voisin de l'affection.

Le devoir lui commandait d'aller voir sa mère, sans tenir compte de l'accueil hostile qu'elle lui réserverait sans doute. Elle allait essayer de lui donner de l'argent, certaine qu'elle le refuserait. Mais Malika avait une ruse toute prête : si sa mère repoussait l'argent, elle lui dirait qu'elle allait le laisser chez la voisine, Mina Glagga. Dès que Malika aurait le dos tourné, sa mère irait le réclamer sans perdre de temps.

Miss Galper avait espéré passer la nuit à Cadix, mais Malika était décidée à continuer tout droit sur Algésiras. Depuis qu'elle était si près, elle voulait arriver chez elle le plus vite possible.

— Il faut que je voie ma mère, dit-elle. Je dois la voir, d'abord.

— Bien sûr, répondit Miss Galper. Mais cela fait au moins deux ans que vous ne l'avez pas vue, et elle ne vous attend pas. Alors, un jour plus tôt, un jour plus tard ?

— Nous pourrons toujours revenir. Maintenant, il faut que j'aille voir ma mère.

Ce soir-là, à Algésiras, elles aperçurent Salvador qui dînait à l'autre bout de la longue salle à manger de l'hôtel. Il avait changé son uniforme contre un complet de flanelle grise. Après l'avoir observé avec attention, Malika dit :

— Il boit du vin.

— Demain, il ira bien, lui répondit Miss Galper. Ils boivent toujours, ces Philippins.

Le lendemain matin, Salvador était devant la porte, le sourire aux lèvres, lorsqu'elles sortirent de l'hôtel pour descendre au port. La plupart des passagers pour Tanger étaient des Marocains. Malika avait oublié les regards intenses et éhontés que ses compatriotes jettent sur les femmes. À la fois surexcitée et pleine d'appréhension, elle s'aperçut, étonnée, qu'elle se retrouvait dans son monde, parmi les gens de son espèce.

XXI

Quand elles se furent installées à l'hôtel, Malika descendit à la réception. Elle espérait aller voir sa mère pendant la soirée, moment où elle était sûre de la trouver chez elle et où il y avait un bon motif pour écourter une visite. Elle avait l'intention de retenir deux chambres à Tétouan, pour elle-même et pour Salvador, et de revenir à Tanger le lendemain matin. En bas, le concierge lui parla d'un nouvel hôtel sur la plage, à un kilomètre ou deux de sa ville natale, et elle lui demanda de téléphoner pour réserver.

La chambre de Miss Galper n'était pas loin de la sienne, au bout du couloir. Malika frappa à la porte et lui dit qu'elle comptait partir vers cinq heures, afin d'arriver avant la nuit.

Miss Galper posa sur elle un regard pénétrant.

— Je suis contente que vous y alliez maintenant et que ce soit fait, lui dit-elle.

— Passez une bonne soirée, lui dit Malika. Il y a des bars ici, pour vous distraire.

— Non, merci. Les hommes, dans ce pays, me donnent la chair de poule. Ils veulent tous vous parler.

Malika haussa les épaules.

— Quelle importance ? Vous ne comprenez pas ce qu'ils disent.

Et cela vaut mieux ainsi, pensait-elle. La brutale obscénité des remarques lancées sur le passage des femmes dans la rue l'emplissait de dégoût et de colère. Miss Galper avait bien de la chance de ne pas comprendre l'arabe.

Malika lui fit des adieux hâtifs et se dépêcha de regagner sa chambre. La perspective de revoir sa mère l'avait mise mal à l'aise. Machinalement, elle emballa quelques vêtements dans un sac pour la nuit. En sortant, elle passa au bureau pour changer des chèques de voyage, et bientôt, Salvador et elle roulaient en direction de Tétouan.

Des bancs de brume blanche s'étiraient au sommet des montagnes, telles des franges qui flottent au vent. Salvador pestait contre l'étroitesse de la route. Malika entendait à peine ses récriminations. Son cœur battait plus fort qu'à l'ordinaire. Il était vrai qu'elle rentrait pour aider sa mère ; cela faisait partie du schéma. Depuis le jour où elle s'était enfuie, la vision d'un retour triomphant ne l'avait pas quittée, preuve irréfutable de l'erreur de sa mère : sa fille ne ressemblait pas aux autres filles de la ville. Maintenant que le moment approchait, elle se disait que cette visite était vouée à l'échec. Sa mère n'aurait aucun plaisir à la revoir — rien que de l'amertume, de la rancœur à l'idée que sa fille avait vécu avec des nazaréens.

Salvador dit :

— À Pilipinas nous avons de meilleures routes que celles-ci.

— Ne conduisez pas trop vite, lui dit-elle.

Ils contournèrent Tétouan et prirent sur leur gauche la route qui menait à son bourg natal. Le vent de la mer entrait par rafales dans la voiture.

— *Bismil'lah*[1], murmura-t-elle tout bas, car elle abordait l'étape cruciale de son voyage.

Elle ne s'aperçut même pas qu'ils avaient atteint la ville, jusqu'à ce qu'ils se trouvent dans la rue principale. Tout était changé. Il y avait de grands bâtiments nouveaux et des lumières partout. L'idée que la ville ait pu se modifier durant son absence ne lui avait pas traversé l'esprit ; elle-même pouvait changer, mais le décor devait rester immuable, afin de l'aider à mesurer l'ampleur de son évolution.

Un instant après, ils arrivèrent à l'hôtel tout neuf qui s'étalait le long de la plage dans la lumière verte et brutale des projecteurs.

XXII

Malika ne fut pas longue à découvrir que ce n'était pas un véritable hôtel. On ne servait pas dans les chambres et la salle à manger n'offrait que des sandwichs et quelques plats sommai-

1. Au nom d'Allah.

res. Avant d'aller dîner, elle passa un blue-jean, acheté à Los Angeles sur le conseil de Miss Galper. Avec un chandail et un foulard de soie serré autour de la tête, elle se sentit parfaitement anonyme.

Salvador était déjà installé au bar dans le *comedor* et avait commencé son repas. Elle se glissa sur un tabouret voisin et commanda des *pinchitos*. Son estomac se révoltait à l'idée de manger mais elle mâchait sa viande et l'avalait parce qu'elle avait appris qu'afin d'être en forme il lui fallait des repas réguliers. Derrière les sons braillards de la radio au bout du comptoir, elle entendait le bruit mat et répété des vagues qui se brisaient sur le sable au-dessous. Si sa mère se mettait en fureur et commençait à la frapper, elle irait aussitôt chez Mina Glagga pour lui remettre l'argent, et l'affaire serait terminée. Elle signa l'addition et sortit dans le vent pour regagner la voiture.

L'aspect nouveau de sa ville lui brouilla les idées. On avait déplacé le marché ; elle ne le trouvait nulle part et sentit monter en elle un grand courant d'indignation devant cette trahison. Salvador stationna la voiture près du poste d'essence et ils s'engagèrent à pied dans la rue étroite qui menait à la maison. Les réverbères n'éclairaient que la première partie de la ruelle. Seule la lune permettait d'y voir un peu sur le restant du parcours. Salvador regarda en avant et dit qu'il vaudrait mieux s'en retourner et revenir le lendemain matin.

— Attendez-moi ici, dit Malika d'un ton ferme. Je reviendrai aussi vite que possible. Je connais le chemin.

Et elle partit en pressant le pas, avant qu'il ait eu le temps de discuter.

Elle avança le long de la rue déserte sous l'éclairage diffus de la lune jusqu'à une petite place en équerre, d'où l'on apercevait — du moins pendant la journée — la maison de sa mère au bord du ravin. Mais maintenant, elle avait beau chercher, les rayons de la lune ne semblaient pas l'atteindre et elle ne parvenait pas à la distinguer. Elle reprit sa route en se dépêchant, déjà envahie par une intuition de cauchemar. Puis elle s'arrêta net, sans pouvoir y croire, bouche bée. La maison n'y était plus. Même le terrain sur lequel elle se dressait autrefois avait disparu. La maison de Mina Glagga et toutes les autres petites demeures au bord du vallon avaient disparu de même. Les bulldozers avaient créé un paysage nouveau et désert, un immense remblai de terre, de cendres et de détritus qui s'étirait jusqu'au bas du ravin. La petite maison entourée de son jardin avait occupé un emplacement au pied de l'endroit où Malika se tenait maintenant. Elle sentit sa gorge se serrer en un pincement douloureux tandis qu'elle se répétait que tout cela avait cessé d'exister.

Lassée enfin de contempler cet environnement vide de sens, elle se dirigea vers la petite place et frappa à la porte d'une des maisons. Elle reconnut, dans la femme qui lui ouvrit la porte, une amie de sa mère dont elle avait oublié le nom. La femme jeta un regard désapprobateur sur le blue-jean de Malika et la laissa sur le seuil, sans lui demander d'entrer. Elles parlèrent debout dans l'encadrement de la porte. D'une voix neutre, la femme lui dit que sa mère était morte plus d'un an auparavant, pendant le ramadan. « C'est une chance, ajouta-t-elle, qu'elle n'ait pas vécu, pour voir sa maison détruite, sacrifiée à la construction d'une nouvelle route. » La femme croyait que la sœur de Malika était partie vivre à Casablanca, mais elle n'en était pas sûre.

Elle avait fini par pousser la porte, de sorte qu'elle était presque refermée. Malika la remercia et lui dit bonsoir.

Elle fit quelques pas jusqu'au bord du ravin, d'où elle plongea le regard sur la pente uniforme et d'aspect irréel, même sous l'éclairage pointilleux de la lune. Il lui fallut serrer les paupières avec force pour évacuer les larmes qui ne cessaient de lui monter aux yeux. D'abord, elle en fut étonnée, car elle n'avait pas eu de tendresse pour sa mère. Ensuite, elle vit plus clair. Ce n'était pas sur sa mère qu'elle pleurait mais sur elle-même. Il n'y avait plus aucune raison de faire quoi que ce soit.

Elle laissa son regard errer sur le paysage imprécis, en direction des montagnes au loin. Il serait bon de périr ici, dans l'endroit où elle avait vécu, d'être ensevelie avec les décombres de la maison sous cette colline détestable. Elle frappa du talon sur le bord du talus, perdit l'équilibre et glissa quelques mètres à travers des morceaux de cendre et d'ordures pourrissantes.

À ce moment-là, elle eut la certitude que cela était arrivé, qu'elle était punie pour avoir souhaité la mort un instant auparavant ; son poids avait provoqué un éboulis qui allait la rouler vers le fond où elle resterait enfouie sous des tonnes de détritus. Terrorisée, elle demeura immobile, l'oreille tendue. Elle perçut de faibles remous et quelques tintements, mais bientôt ces sons se fondirent dans le silence. Elle remonta, s'aidant des pieds et des mains, jusqu'à la route.

Un nuage entamait la face de la lune. Malika descendit en pressant le pas, vers le réverbère où Salvador attendait.

DÉCOUVREZ LES FOLIO 2 €

Parutions de septembre 2010

Hans Christian ANDERSEN *La Vierge des glaces*
Un conte merveilleux à vous donner des frissons !

Paul BOWLES *L'éducation de Malika*
À travers le portrait d'une jeune Marocaine aux prises avec la civilisation occidentale, l'auteur du célèbre *Thé au Sahara* nous entraîne dans un voyage sentimental et initiatique.

COLLECTIF *Au pied du sapin*
Contes de Noël de Pirandello, Andersen, Maupassant...
Un petit livre à offrir et à se faire offrir !

Philip K. DICK *Petit déjeuner au crépuscule* et autres nouvelles
Prendre votre petit déjeuner avec Philip K. Dick n'est pas sans danger. Qui sait ce que vous réserve le reste de la journée ?

Alfred de MUSSET-George SAND *« Ô mon George, ma belle maîtresse... »* Lettres
La plus célèbre correspondance amoureuse de l'époque romantique.

Paul VERLAINE *L'Obsesseur* précédé d'*Histoires comme ça*
Loin de la musique des *Fêtes galantes* et des *Romances sans paroles*, Verlaine nous offre des textes étranges et sans complaisance.

Et dans la série *Petit éloge*

Vincent DELECROIX *Petit éloge de l'ironie*
Comment écrire un éloge de l'ironie ?

Jean-Baptiste GENDARME *Petit éloge des voisins*
Vous ne regarderez plus jamais vos voisins de la même manière !

Bertrand LECLAIR *Petit éloge de la paternité*
Et si devenir père était le début d'une grande aventure ?

Grégoire POLET *Petit éloge de la gourmandise*
Un petit éloge qui vous mettra l'eau à la bouche...

Composition Nord Compo
Impression Novoprint
à Barcelone, le 10 août 2010
Dépôt légal : août 2010

ISBN 978-2-07-034677-6./Imprimé en Espagne.

151619